南町 番外同心1

名無しの手練

牧 秀彦

時代小説

二見時代小説文庫

JN131493

南町 番外同心1——名無しの手練《てだれ》

目次

序章　清水《しみず》屋敷の怪

一

菊千代《きくちよ》は暗がりの中で独《ひと》り、じっと耳を澄ませていた。

廊下に置かれた常夜灯の淡い光が、寝間着の裾を照らしている。床《とこ》を抜け出した少年は雑巾《ぞうきん》がけが行き届いた廊下に裸足で立ち、自然に爪先《つまさき》を丸めていた。

立った時に足の指が意識せずして物を掴《つか》むような形となるのは不意を衝《つ》かれた場合に備え、重心を保つ武術の基本が身に付いていることの証左《しょうさ》である。

未《いま》だ幼い少年の丸顔は強張《こわば》り、募《つの》る緊張を隠せずにいた。

（まるで泣いているみたいだ……）

そんなことを思いながら、菊千代は雨戸を背にして耳を澄ませる。

どんぐり眼《まなこ》を向けた廊下の反対側には、戸締めがされた一室。障子代わりの引き戸は全て閉じられ、鴨居《かもい》には封印の護符《ごふ》まで貼られていた。

固定された引き戸の向こうから、微かな声が聞こえてくる。寺社で巡礼が歌う御詠《ごえい》歌《か》を思い出させる、朗々としていながらも哀しみを帯びた声音《こわね》だった。

ここは徳川御三卿《とくがわごさんきょう》、清水《しみず》徳川家の屋敷。

長らく当主が不在だった清水屋敷に菊千代が入ったのは、去年の暮れのこと。自分が預かる屋敷の奥に開かずの間《ま》が存在するとは、事前に聞かされていなかった。

この部屋が何故《なにゆえ》に封印されたのか、菊千代は未だに理由を知らない。屋敷で働く者たちを問い詰めたが口をつぐんで誰も答えず、父の家斉《いえなり》に御目見《おめみえ》した折に尋ねてみても空とぼけられるばかりだった。

解《げ》せぬことだが、この部屋に足を踏み入れるのはもちろん、その存在について口に出すのも憚《はばか》るべきだと菊千代は理解した。

この清水屋敷には、開かずの間に近付く者など誰もいない。屋敷内《うち》を巡回する御火《おひ》之番《のばん》も前の廊下に差しかかると目を逸《そ》らし、足早に通り過ぎるのが常《つね》であった。

菊千代とて、好きで足を運んだわけではない。

しかも今は草木も眠る丑三《うしみ》つ時《どき》だ。

されど厠《かわや》へ行くためには、この部屋の前を通り抜ける必要があった。

菊千代は丸顔を引き締めると、引き戸の向こうに呼びかけた。

「余は徳川菊千代である。退散するならば今の内ぞ」

精一杯の威厳を込めて告げるなり、菊千代は返事も待たずに駆け出した。

膝を震わせながらも足を止めることなく、開かずの間から遠ざかる。

怯《おび》えて逃げ出したわけではない。

享和《きょうわ》元年（一八〇一）重陽《ちょうよう》生まれの菊千代は数えで十一、満で九つ。徳川十一代将軍である家斉の七男にして、清水徳川家の三代目だ。

年少の身ながら、菊千代が抱く自負は大きい。

徳川将軍家は由緒正しき武家の棟梁《とうりょう》、源氏の末裔《まつえい》。

平安の昔に京の都を脅《おびや》かした鬼を斬り、鵺《ぬえ》を射止めた強者《つわもの》たちの子孫らしく生きたいと志すからには、相手が物の怪《け》であろうと屈してはなるまい。

とはいえ、事を急《せ》いた余りに粗相《そそう》をしてしまっては本末転倒。

この耐え難い尿意を鎮《しず》めた上で、改めて正体を暴いてやるのだ。

常夜灯の淡い光の下、廊下を駆け抜ける菊千代はべた足。

身に付けたはずの足捌《さば》きも忘れ、厠へ急ぐばかりだった。

二

小用《こよう》を足した菊千代は決然と、元来た廊下を戻っていく。

丸顔に不退転《ふたいてん》の決意を宿し、開かずの間へ向かう足の運びに迷いはなかった。

文化《ぶんか》八年（一八一一）の卯月《うづき》を迎えた江戸は新緑の候《こう》。梅雨入り前の過ごしやすい時期だが今年は質《たち》の悪い風邪が流行《はや》り、十人中八人か九人が罹患《りかん》すると言われるほど猖獗《しょうけつ》を極めていた。

流行り風邪が猛威《もうい》を振るう中、菊千代は健やかに毎日を過ごしている。父の家斉に似て丈夫な上に、肝《きも》も太い少年であった。

しかし周りの大人たちは、必要以上に世話を焼く。

そのため菊千代は夜中に尿意を覚えるたびに、要《い》らざる苦労を強《し》いられる。

今夜も息を殺して床から抜け出し、足音を忍ばせて寝所を後にした。

将軍の子として大奥で育てられた菊千代は、清水屋敷に移り住むまで猫可愛がりをされる毎日だった。側仕《そばづか》えが男ばかりとなっても扱いは大して変わらず、厠に行く時も離れようとはしない。

　父の家斉はもとより一橋《ひとつばし》徳川家の前《さき》の当主であった祖父の治済《はるさだ》も、菊千代を未だ幼子扱いして止《や》まずにいる。

元服《げんぷく》するには間《ま》があるものの、いつまでも甘やかされるのは真《ま》っ平《ぴら》御免。

口で言っても分からぬのなら、幼子ではない証しを立てるより他にあるまい。

そこで菊千代は勇《ゆう》を奮《ふる》い、開かずの間に独りきりで乗り込むことを決意したのだ。

月に一度、決まった日の夜中に異変が起きる事実は、まだ誰にも明かしていない。

大人に頼らず解決すれば側仕えの者たちはもとより家斉と治済も感心し、幼子扱いを控えるに違いあるまい。

決意も堅く、菊千代は暗い廊下を突き進む。

常夜灯の淡い光の先に、開かずの間が見えてきた。

爪先を猫の如く丸めた足の運びで、菊千代は部屋との間合いを詰めていく。

敷居際まで近付くと、御詠歌のような声が先程よりも鮮明に聞こえてきた。

「ひっ」

不覚にも上げてしまった悲鳴と共に、少年の頬が強張る。

いかに腹を括《くく》ってみても、ひとたび経験した恐怖は容易に抜けないものらしい。

去る師走《しわす》に初めて耳にした時も菊千代は床から抜け出し、厠に行く途中だった。

その時は仰天《ぎょうてん》した余りに下帯《したおび》ばかりか寝間着まで濡らしてしまったものだが、この声を耳にするのも今夜で五度目。

相手が妖怪変化《ようかいへんげ》だとしても、負けたままではいられない。

菊千代は丸い顔を引き締め、改めて耳を澄ませた。

間違いない。

濃い闇に包まれた部屋の中、声の主《ぬし》が口にしているのは経文《きょうもん》だ。

そうではないかと察したのは、三度目に耳にした時のこと。

最初は意味どころか言葉自体が理解できなかった菊千代だが、思えば経文には仏教が興《おこ》ったインドの原語が翻訳されず、そのまま伝わった部分も数多い。哀切を帯びた声で唱えられているのは、元の形により近いものなのだろう。

(それにしても何故に、しゅん徳院様の御供養を?……ううん、分からぬ……)

菊千代は引き続き耳を澄ませながらも、かねてより抱く疑問を持て余す。

読経《どきょう》の声を菊千代が初めて耳にしたのは、清水屋敷に入って三日目の師走八日。

十六年前の寛政《かんせい》七年(一七九五)文月《ふみづき》八日に没した、峻徳院《しゅんとくいん》こと徳川重好《しげよし》の月命日のことだった。

年が明けても菊千代は開かずの間の監視を密《ひそ》かに続け、睦月《むつき》に如月《きさらぎ》、弥生《やよい》と月を重ねる内に、読経の声が決まって八日の丑三《うしみ》つ時《どき》に聞こえてくることを確信した。死者を悼《いた》んでのことならば、弔《とむら》う相手は重好に違いない。

菊千代が生まれる前に亡くなった重好は、九代将軍の家重《いえしげ》の次男。

家重は長男の家治《いえはる》を後継ぎの世子《せいし》として将軍職を譲り、重好には江戸城の清水御門の内に独立した屋敷を与えた。家重の父親で名君の誉《ほま》れも高い八代将軍の吉宗《よしむね》が生前に設けた田安《たやす》と一橋の両徳川家と併《あわ》せて御三卿と後に呼ばれる、清水徳川家の初代当主に据《す》えたのだ。

しかし重好は子がいないまま五十一の若さで没し、家斉の五男で菊千代の腹違いの兄に当たる敦之助《あつのすけ》が二代目の当主に選ばれたものの、わずか三つの幼子だった敦之助は大奥から出されることなく翌年に病死。菊千代が三代目と決まったのは数え五つの年だったが大奥に長らく留め置かれ、ようやく名実共に清水徳川家の当主となることを認められたばかりであった。

吉宗の直系をそれぞれ当主とする御三卿は今や御三家の尾張《おわり》、紀伊《きい》、水戸《みと》徳川家を差し置いて、将軍職を独占する地位を占めている。

世子として江戸城の西の丸で暮らす長兄の家慶《いえよし》に万一のことがあれば、菊千代にお鉢が回ってくるやもしれぬのだ。

時が来た折に役不足と見なされぬためにも、気概《きがい》を示しておかねばなるまい。
菊千代は眦《まなじり》を決すると、敷居際に仁王立ちした。
「物の怪め、退散せいと申し付けたのが聞こえなんだか」
どんぐり眼を前に向け、引き戸越しに一喝《いっかつ》を浴びせる。
しかし、答えは返ってこない。
哀切を帯びた声で唱える経は、途切れることなく続いていた。
「聞き分けのない奴め。正体を明かさぬかっ」
負けじと声を荒らげながらも、菊千代は動揺を募らせる。
読経の声は、やはり泣いているようにしか聞こえない。
何を一体、これほどまでに哀しんでいるのだろうか。
菊千代には分からない。
物の怪は喜怒哀楽とは無縁のはず。
なのに何故、これほど同情を誘って止まらぬのか。
「ええい！」
揺らぎかけた気持ちを奮い立たせ、菊千代は引き戸に手を掛ける。
戸締めばかりか封印《ふういん》までされているのを忘れ、思い切り力を込めていた。

三

「殿、御免！」

踏ん張る菊千代の背に向けて、有無《うむ》を言わさず呼びかける声がした。

告げると同時に伸びた腕が、さっと少年を抱え上げる。

寝所を抜け出したのに気付き、後を追ってきた警固《けいご》役の小十人《こじゅうにん》だ。

御三卿の屋敷は、幕府が差し向けた旗本と御家人によって運営されている。

清水屋敷に派遣された小十人も軽輩ながら将軍家直参の旗本で、元々は江戸城中で家斉の警固を役目としていた武官たちである。

駆けつけた小十人は二人組。

江戸城中で執務する時と同じ裃《かみしも》姿だが動くのに邪魔な肩衣《かたぎぬ》を外し、熨斗《のし》目《め》小袖の袷《あわせ》を剝き出しにしていた。

「重ねて御無礼をつかまつりまする！」

菊千代を脇に退《ど》かせた二人組は、半袴《はんばかま》の裾を払わずに腰を屈めた。引き戸が開かぬようにしていた金具を外《はず》し、封印の護符を迷うことなく引き剝がす。

「曲者《くせもの》め、出て参れっ」

開け放たれた引き戸の左右に分かれ、二人組は声も鋭く警告する。

常夜灯の淡い光の中、部屋に溜まった塵埃《ちりほこり》が舞い上がる。

思ったよりも量が少ないのは、畳が濡れていたせいだった。

舞い散る埃の向こうに、揺らめく影が見て取れる。すでに読経は止《や》んでいた。

二人組は無言で鯉口《こいぐち》を切り、左腰の殿中差《でんちゅうざし》を抜き放った。

部屋の暗がりに潜んだ影の主を、この場で成敗《せいばい》するつもりなのだ。

殿中差と呼ばれる長めの脇差は、主君の暮らす城や屋敷で警固役を務める者だけが帯びることを許される打物《うちもの》である。武士が主君の面前で鯉口を切ることは切腹ものの落ち度だが、その主君を曲者から護るために抜刀し、代わりに成敗するのなら是非を問われることはない。

「ま、待てっ」

菊千代は慌てて静止した。

二人組の行動は警固役として当然のことだが、止《と》めずにはいられなかった。

闇に潜んだ声の主はただ切々と、死者の供養に読経をしていただけなのだ。

菊千代も正体を暴《あば》くためならば荒事《あらごと》を辞さぬ覚悟だったが、問答無用で斬りかかるのは相手が何であろうと無礼が過ぎよう。

「そやつはこの世のものに非《あら》ずとも、しゅん徳院様に所縁《ゆかり》があるやもしれぬのだ。余が直々に問い質《ただ》す故、生かして捕らえるのだっ」

「お言葉ですがなりませぬぞ、殿！」

「御身《おんみ》に災いをなす前に、成敗いたしまする!!」

菊千代の下知《げち》を無視して抜き身を引っ提げ、二人組は部屋の中に躍《おど》り込む。

次の瞬間、その体が続けざまに宙に舞う。

斬り捨てんとした相手に投げ飛ばされたのだ。

斬りかかった勢いを逆手《さかて》に取られ、埃が舞う畳に叩き付けられた二人組は苦悶《くもん》の声を上げる間もなく失神した。

一瞬にして返り討ちにされるとは、思ってもいなかったのだろう。

信じられないのは菊千代も同じである。

どんぐり眼を見開いたまま、無言で立ち尽くすばかりだった。

「殿ーっ」

切迫した呼びかけと共に、廊下を駆ける足音が聞こえてきた。見張り番を交替して奥で仮眠を取っていた小十人の面々だ。

跳び起きるなり駆け付けたらしく、肩衣と半袴を着けていない。熨斗目の着流し姿で殿中差を帯びることなく引っ提げた、文字どおりの押《お》っ取り刀《がたな》だ。

「おのれ化生《けしよう》め、迷うて出たか！」

「死霊《しりよう》めが、成仏《じようぶつ》せい!!」

小十人たちは殿中差の鞘《さや》を払い、口々に怒号《どごう》を上げながら開かずの間に殺到する。

「ぐっ!?」

敷居を超えた瞬間、先陣を切った小十人が吹っ飛んだ。

浴びせられたのは二段蹴り。

連続して放った蹴りが殿中差を弾き、したたかに水月《すいげつ》を打つ。

重心を崩した瞬間に一撃を、それも胴の急所である鳩尾《みぞおち》に叩き込まれては、もはや立ってはいられない。

「何をしおるか、無礼者めっ」

勢い余って菊千代の足元に転がったまま失神したのを、遅れて駆け付けた小十人頭《がしら》が叱りつける。肩衣と半袴をわざわざ着直していて出遅れたのだ。叱責を受けるべきなのは、むしろ小十人頭のほうだろう。

だが菊千代は、一言も咎《とが》めない。

止むことなく繰り広げられていた戦いに、魅入られているのである。

未だ小十人たちは誰一人として、開かずの間に踏み込むことが叶《かな》わずにいた。

「うわっ」

また一人、廊下まで吹っ飛ばされた小十人が失神する。

「お、おのれっ」

「このままでは埒《らち》が明かぬぞ」

残り少なくなった面々は動揺し、流れる冷や汗を抑えられない。

と、二人の小十人が無言で前に出た。

殿中差を廊下の端に横たえ、素手《すで》となっていた。

いずれも他の面々より背が高く、筋骨隆々の偉丈夫《いじょうふ》だ。

殿中差を手放したのは、同士討ちになるのを避けるため。手強《てごわ》い相手を二人がかりで組み伏せて、動きを封じるつもりなのだ。

偉丈夫たちは足並みを揃え、ずんと敷居を踏み越えた。

共に熨斗目の袖口から突き出た腕は太く、足腰の張りも逞《たくま》しい。

「ここまでぞ」

声を低めて告げると同時に、一人が諸手《もろて》を振り上げた。

大きな体で威嚇《いかく》しながら間合いを詰め、さば折りを仕掛けるつもりだ。

いま一人は体勢を低く取り、腰を目がけて跳びつく機を窺っている。

これでは一人を制しても、いま一人の攻めはかわせまい。

菊千代は思わず生唾《なまつば》を呑む。

次の瞬間、どんぐり眼が大きく見開かれた。

「ぐ……」

さば折りを仕掛けんとした偉丈夫が、どっと前のめりに倒れ伏す。

「ぎゃっ」

いま一人も悲鳴を上げるや膝を折り、力なく崩れ落ちていく。

「な、何としたのかっ」

小十人頭が信じられない様子でつぶやいた。

「金的《きんてき》蹴りと目潰しだ」

「殿?」

「その上で、水月とこめかみを拳で打たれておる。まこと見事な業前《わざまえ》ぞ」

「殿……」

倒すべき敵を褒めちぎる当主を前にして、小十人頭は困惑するばかり。

動揺は配下の小十人たちにも拡がっていた。

焦り顔を照らす常夜灯の光も、手練《てだれ》が潜む一室の奥までは届いていない。菊千代が見て取れたのも、淡い光が浮かび上がらせた影の動きだけだ。

その影の動きだけでも、並々ならぬ腕前であるのは分かる。

体《たい》の捌きのみならず、五感の冴えも驚嘆に値するものと言えよう。

明かりが差さない部屋の中に身を置きながら攻めをかわし、的確に技を繰り出せるのは視覚に頼らず、感を働かせるのに長《た》けていればこそだ。

かつて出会ったことのない、紛《まご》うことなき手練であった。

「殿っ」

小十人頭が慌てた声を上げた。

「そのほうは、これほどの技を何処《どこ》で会得したのだ？　余も学びたい故、教えよ」

開かずの間の手練に向かって呼びかける、菊千代の声は感動を帯びている。

のみならず前に踏み出して敷居を越え、中まで立ち入ろうとしていた。

「出合え、出合え！」

「殿を御護《おまも》りいたすのだ!!」

少年の足を止めたのは、玄関から駆け付けた番士《ばんし》の一隊。屋敷が敵に襲われた時に備えて備え付けられた鑓《やり》ばかりか、弓まで持ち出している。

さすがに飛び道具で狙い打たれては、無事では済むまい。

我に返った菊千代は、さっと敷居に背を向けた。

「射《い》るでない！　このとおり、余は無事だっ」

諸腕を広げて曲者を庇《かば》わんとする少年当主の姿に、一同は言葉を失う。

常夜灯の光の揺らぐ手練の影は、いつしか見えなくなっていた。

四

その夜以来、清水屋敷の警固は厳重を極めることとなった。

菊千代を江戸城中に呼び出し、事件の詳細を知った家斉の指図である。

開かずの間で曲者が唱えていたのは清水徳川家を祟《たた》り、菊千代の命を縮めんとした呪言《じゅごん》に相違なく、次は確実にわが子の命を奪うべく、大挙して襲撃に及ぶつもりだと決めつけたのだ。

そして菊千代は一切の外出を禁じられ、屋敷内でも独りになることを許されぬ身となった。厠への行き来にも側仕えの者たちを伴うことを義務付けられ、完全に籠の鳥とされてしまった。

自由を失った少年を訪ね、一挺《いっちょう》の駕籠が清水屋敷の門を潜ったのは卯月も二十日を過ぎ、猛威を振るった流行り風邪が鎮まりつつある最中のことであった。


晴れ渡った空の下、明るい日射しが石畳を進む一行に降り注いでいた。

玄関内の式台に横付けされた、漆塗《うるしぬ》りの駕籠には星梅鉢《ほしうめばち》の家紋。

陸奥白河《むつしらかわ》十一万石、久松松平《ひさまつまつだいら》家の紋所《もんどころ》である。

駕籠から降り立ったのは厳《いか》めしくも知性を感じさせる風貌《ふうぼう》の、貫禄ある五十男。

清水屋敷の内証《ないしょう》を預かる用人にとっては、好ましからざる客だった。

「越中守《えっちゅうのかみ》様、畏れながら本日のところはお引き取りを……」

「無礼者め、控えよ」

男は用人の言葉を遮ると、眼光鋭く叱りつけた。

「さ、されど上様が、誰であろうと会わせてはならぬとの仰《おお》せにございますれば」

「黙りおれ。身共《みども》は上様が御父君の一橋様とは従兄弟《いとこ》同士だ。更に申さば一橋様が御尊父の宗尹《むねただ》様はわが父、田安家初代の宗武《むねたけ》が弟御ぞ。上様御直々《じきじき》の仰せとあらばともかく、そのほうが如き軽輩《けいはい》が御威光を振りかざすとは百年早いわ」

有無を言わさず宣《せん》するや、男は奥に向かって歩き出す。

「お、お待ちくだされ」

あたふたと追いすがる用人にもはや構わず、勝手知ったる足の運びでずんずん廊下を渡り行く、この男の名は松平越中守定信《さだのぶ》。将軍職に就いた当初は十五の少年だった家斉を支え、六年に亘《わた》って辣腕《らつわん》を振るった元老中首座だ。

田安徳川家に生まれた定信は養子に出されたために機を逸《いっ》したものの、将軍候補と目《もく》された逸材《いつざい》である。臣下に徹して推し進めた幕政の改革は、若手の老中だった当時に定信の教えを受け、今や老中首座となった松平伊豆守《いずのかみ》信明《のぶあきら》を筆頭とする、幕閣の古株たちによって受け継がれていた。

「越中守殿!」

定信が姿を見せるや、菊千代は嬉々として敷居際まで駆け寄った。

声には張りがあるものの、丸顔に子どもらしからぬやつれが見て取れる。

「お久しゅうございまするな、菊千代様」

面《おもて》を上げた定信は慇懃《いんぎん》ながら親しげに、孫ほど年の離れた少年に微笑みかけた。

「上様の御達しにより外出《そとで》をなさるのもままならぬと伺いました故、勝手ながら参上つかまつった次第にございまする。ご迷惑でござったかな」

「滅相《めっそう》もあり申さぬ。さぁ、早う稽古をつけてくだされ！」

「心得申した」

勢い込んで催促をする少年に、定信は微笑み返す。

老中首座だった頃の定信は幕府の財政を立て直すべく奢侈《しゃし》を禁じ、自ら倹約と禁欲を実践する一方、武士に必須の素養として武術を学ぶことを奨励してきた。

職を辞して一大名に戻った後も定信は堅実に過ごし、少年の頃から続けてきた文武両道の実践も怠っていない。五十半ばに近い身ながら日々の稽古を重ねつつ菊千代の所望《しょもう》に応じ、弓と共に得意とする柔術をかねてより教えていた。

定信は屋敷の奥に用意された稽古場で、菊千代と一対一の指導に汗を流した。

邪魔者は誰もいない。武術には流派を問わず、門外の者には見せられぬ技も多いと言われては用人たちも文句を言えず、退出せざるを得なかった。

稽古を付けながら話を聞き出した定信は、小休止を兼ねて菊千代を座らせた。

「それは拳法にございまするな、菊千代様」

「けんぽう？」

「唐土《もろこし》の武術にござる。かの達磨大師《だるまだいし》が少林寺《しょうりんじ》なる寺に伝え、それを学びし僧たちが各地に広めたと聞き及んでおりまする」

「されば、日《ひ》の本《もと》にも」

「海を越えての往来が勝手であった頃に伝来して剣術に取り入れられ、肥後《ひご》の相良《さがら》が家中に根付いたのがタイ捨流《しゃりゅう》にござる。されど菊千代様が見取られし技は素手を以《もっ》て敵を制する、拳法そのものでござろう」

「余はそのけんぽうを学びたいのです。越中守殿、あの者をどうか探してくだされ」

「そやつが妖怪変化《ようかいへんげ》であったとしても、お気持ちは変わらぬと？」

定信の問いかけに菊千代は力強く頷いた。

「良き御覚悟にござる」

真摯《しんし》な面持《おもも》ちで首肯《しゅこう》するのを前にして、定信は微笑んだ。

「されば、町方《まちかた》に手を借りるといたしましょうぞ」

「町奉行に？」

「南の御番所《ごばんしょ》を預かりし根岸肥前守《ねぎしひぜんのかみ》は多岐に亘りし雑話を集め、奇談の類《たぐい》にも通じております。たとえ物の怪が相手だろうと、よしなに取り計ろうてくれましょう。その上で北の隠密廻《おんみつまわり》にも調べを命じまする故、吉報を御待ちくだされ」

「お頼み申しまする」

膝を揃え直した菊千代は謝意を込め、定信に向かって平伏した。

汗に濡れた前髪が畳に届くほど頭を下げる、菊千代の態度は真摯そのもの。かつて定信を利用した末に見限った将軍父子の血を引いているとは信じ難い、礼を尽くした振る舞いであった。

第一章　佐賀町《さがちょう》の若様

一

西日を照り返す広い川面に、潮が渦を巻いていた。

将軍家の御膝元、華のお江戸の暮らしを支える大川《おおかわ》である。

江戸は町を縦横《じゅうおう》に巡る運河が水運に活用されて発展し、西欧の諸国に先駆けて百万を超える人口を養うに至った大都市だ。

その暮らしを支える大型の荷船、そして材木を組んだ筏《いかだ》が行き来をする運河は大川と繋げられ、異なる流れがぶつかることによって渦潮《うずしお》が生《しょう》じる。

荒波が渦巻く外海とは比べるべくもなく、熟練した船頭ならば難なく乗り切れるが未熟者は櫓《ろ》を流されて難儀する。

誤って川に落ち、渦潮に巻き込まれれば、脱するのは尚のこと難しい。

川と運河が合流する付近では水底が深くなるため、そのまま浮かび上がらぬことも少なくなかった。


「うわーん！」


昼下がりの永代橋《えいたいばし》を吹き抜ける風の中、子どもの泣き叫ぶ声が響き渡った。

七つか八つの男の子と、五つぐらいの女の子。裾の短い着物は汚い上にぼろぼろで破れをこまめに繕うどころか、子どもの服に欠かせない魔除けの背守《せも》りさえ縫い付けられてはいなかった。

風に乱れる髪はもとより傷《いた》んでおり、しかも長さが足りていない。

子どもは赤ん坊の内は男女の別なく髪を剃り落として丸坊主で過ごし、三つになると髷《まげ》を結うために伸ばし始めるが、二人の幼子の髪は先々のことなど配慮せず、短く切られているだけだった。

前方では荷車が横転し、外《はず》れた車輪が転がっている。車の引き手が転んで川に落ち、支えきれなくなった結果であった。

積まれていたのは米俵。荷台から転がり落ちはしたものの、重みがあるために風で飛ばされることなく、橋の上に留まっていた。

大八車《だいはちぐるま》に比べれば小さいとはいえ、重い俵を三つも積まれては、後押ししてきた十《とお》にもならない幼子二人の手に負えるはずがない。横転したのに巻き込まれ、下敷きにならずに済んだだけでも幸いだったと言えよう。

しかし幼い二人は、わが身の無事など喜んではいなかった。

「あんちゃん！　あんちゃーん！」

「だれかー！　たすけておくれよう！」

泣きじゃくる女の子に続き、男の子が悲痛な声を上げた。

橋の下を流れる大川は潮が満ち、水嵩《みずかさ》が増している。

しかも風まで強くなり、広い川面に立つ波は大きくなるばかり。

その波の力を得た潮はごうごうと渦を巻き、橋から落ちた少年を引きずり込まんとしていた。

幼い妹の懸命な呼びかけも、気を失いかけた少年の耳には届いていない。

小柄な上に痩せており、せいぜい十二か十三にしか見えない。懸命にあがきながらも耐えきれず、強さを増す渦潮に翻弄《ほんろう》されるばかりだった。

騒ぎは永代橋の東詰めに面した、深川《ふかがわ》の佐賀町《さがちょう》まで伝わっていた。

「おーい！　子どもが溺れてるぞー!!」

野次馬の声を耳にするなり、その青年は走り出す。

投げた相手の手首を摑み、引き起こそうとしている最中のことだった。

「ぐへっ」

支えを失い、地べたに再び転がったのは二十代の半ばと見受けられる武士。えらの張った顎《あご》には無精髭《ぶしょうひげ》が目立ち、月代《さかやき》の毛も伸びかけている。元は墨染めだったらしい着物と袴は共に褪《あ》せて羊羹色《ようかんいろ》となり、帯前の脇差は鞘の塗りが半ば剝げていた。

浪人さながらの外見だが、この沢井俊平《さわいしゅんぺい》は歴《れっき》とした御家人だ。

無役《むやく》で家禄も乏しい貧乏御家人の屋敷が多い本所割下水《ほんじょわりげすい》で生まれ育ち、生来《せいらい》の強面《こわもて》と腕っ節《ぷし》に物を言わせて世間を渡る俊平は、剣の技量も並ではない。腕試しに小遣い稼ぎを兼ねた道場破りは負け知らずで、武家の威光を屁《へ》とも思わぬ地回り連中からも恐れられ、本所と隣接する深川でも大いに幅を利かせていた。

その俊平から喧嘩を売られて相手取り、赤子の手をひねるが如く制した青年は、稀《まれ》なる手練と言うより他にあるまい。

二人の立ち合いは、こたびが初めてではなかった。

「おい若様、まだ俺は降参《こうさん》しておらぬぞ！」

「止《や》めておけ、沢井」

収まらぬ俊平を抑えたのは、朋輩《ほうばい》の平田健作《ひらたけんさく》。

身なりがみすぼらしいのは同じだが髭と月代をきちんと剃り、元結《もとゆい》代わりのこよりで器用に髷を結っていた。塗りが剝げた大小の鞘には補強を兼ねて藤蔓《ふじづる》を巻き、漆《うるし》を塗って固めているので新品とさして変わらず、粗末ながらも洗濯の行き届いた着物と袴に合っていた。

「おぬしはこれにて五十敗……申すまでもなく若様の全勝だ」

「何っ、そこまで負け続けておっただと？」

「いい加減に諦めろ。たとえ勝ちを拾ったところで、銚子屋《ちょうしや》の娘がおぬしに靡《なび》くことは万が一にも有り得んぞ」

見るからに猛々《たけだけ》しい俊平を恐れもせずに説き聞かせる健作は、痩せぎすながら端整な顔立ちだ。幼馴染みの俊平が所構わず青年に勝負を挑む際には刀を預かり、傍らで黙って見守るのが常だった。

「馬鹿を申すな。今さら引っ込みがつくものかっ」

俊平は差し出された刀をひったくり、杖代わりにして立ち上がる。

「ならば不貞腐《ふてくさ》れておらずに早《はよ》うせい。溺れておる子どもとやらを若様が助ければ更に株が上がり、おぬしの出る幕はいよいよなくなるぞ？」

「それはいかんな。平田、急ぎ参るぞ！」

健作の言葉に焚き付けられ、俊平はだっと駆け出した。

無言で後に続く健作の足の速さは、韋駄天の俊平に勝るとも劣らない。剣の実力も伯仲《はくちゅう》しており、割下水の御家人仲間で二人に敵《かな》う者は一人としていなかった。

「あんちゃーん!!」

橋の半《なか》ばまで一気に駆けた青年の耳に、悲痛な叫びが届いた。

足を止め、落ち着いた面持ちで四方を見回す。

横転したままの荷車の脇板が外れ、車輪の下に落ちているのが目に留まった。

すかさず駆け寄った青年は黒い鼻緒《はなお》の草履《ぞうり》を脱ぎ捨て、身の丈の半分ほどもある板を抱え込んだ。

眼下の大川に向き直り、迷うことなく五体を躍らせる。

波立つ川面に飛び込んだ青年は上体を板に乗せ、両の手足で波を切る。

勢いを更に増した流れに乗り、渦潮を目がけて突き進む。

少年との距離が見る間に詰まった。

水底に引きずり込まれる寸前に腕を摑み、板の上へと引っ張り上げる。ぐったりともたれかかる少年を支えながら板を回転させ、後方に足を伸ばす。縦にして腹ばいになっていた板を横に向け、両腕で支える形としたのだ。

飛沫《しぶき》を上げながら波を蹴立てて進みゆく、足の動きは力強い。

頭上から降り注ぐ日射しに、剃り上げられた頭が光り輝いていた。

月代はもとより両の鬢《びん》から襟足に至るまで、毛が一本も見当たらない。しとどに濡れた顔は色白で、鼻筋の通った細面《ほそおもて》。

まだ二十歳を過ぎたばかりと見受けられる、品《ひん》の良い青年だった。


「おい若様、こっちに寄越せ」

岸辺へ辿り着いた青年に駆け寄るなり、俊平は少年を抱き取った。

横たえた上から跨《また》がると、慣れた手つきで胸を押す。跨りながらも膝を立て、少年に体重がかからぬように配慮することも忘れていない。

「よしよし、もう心配はいらぬからな」

健作は土手の下まで連れてきた二人の幼子の前に膝をつき、また泣き出さないように落ち着かせていた。

その間も、俊平は手を止めない。

程なく少年は息を吹き返し、飲み込んでいた水をごぼっと吐いた。

「ははは、生き返りおったぞ」

俊平は精悍《せいかん》な顔に満面の笑みを浮かべて、少年を抱き起こす。

橋の上では野次馬たちが横転したままだった荷車を起こし、辺りに転がった米俵を積み直している。

青年はずぶ濡れのまま、目の前の光景を見守っていた。

芯《しん》まで冷えた体に西日が心地よい。

濡れ鼠《ねずみ》になった青年の装いは、紺木綿《こんもめん》の筒袖《つつそで》と袴。

去る八日に清水屋敷に忍び込んだ時と同じ装束《しょうぞく》のまま、独り黙って微笑んでいた。

二

白河藩《しらかわはん》が将軍家から拝領した上屋敷は、八丁堀《はっちょうぼり》の直中《ただなか》に在る。

「そろそろ肥前守が下城する頃合いぞ。数寄屋橋《すきやばし》の御門前にて待ち受け、身共が申すことを余さず伝えよ」

菊千代と別れた足で八丁堀の上屋敷へ戻った定信は、田安徳川家の御曹司だった頃から側近くに仕える腹心の水野左内《みずのさない》に使いを命じた。

斯様《かよう》な折は証拠が残る文《ふみ》を用いず、言伝《ことづて》をさせるのが常である。

定信と町奉行の付き合いは、今に始まったことではない。

町方の御用を務める与力と同心の組屋敷が集められた八丁堀は、奉行が暮らす役宅を兼ねた町奉行所にも近い。御用繁多《はんた》と承知の上で呼び出しをかけるのに気が咎《とが》めるほど離れてはいなかった。

定信は奥の座敷に客人を迎え入れ、二人きりで向き合っていた。命じるまでもなく左内が人払いをしているので、話を盗み聞かれる恐れはない。

「雑作《ぞうさ》をかけたの、肥前守」

「お気遣いをいただくには及びませぬ」

労をねぎらう定信に、客人は白髪頭を下げて謝意を示した。

南町奉行の根岸肥前守鎮衛《しずもり》である。

定信から呼び出しを受け、役宅を出る際に改めた装いは茶無地の木綿。

上に袖なし羽織を重ね、略式の袴で動きやすく裾を絞った軽衫《かるさん》を穿いていた。帯びているのは古びた脇差が一振りのみ。

玄関番に刀を預けたわけではなく、最初から一本差しでの訪問だった。駕籠《かご》を用いず、徒歩で白河藩上屋敷を訪れた鎮衛は武家の隠居、それもさほど裕福ではない身なりで素性《すじょう》を偽っている。

されど、頑健な体つきまでは隠せない。

鎮衛は髪こそ白いが、骨太で胸板が厚い。

若い頃から大きい声は、七十を過ぎても張りがある。

老いてなお精悍な南町奉行は番方の武官ではなく、役方の文官あがりだ。

百五十俵取りの小旗本《こっぱたもと》だった根岸家へ養子入りして家督を相続し、勘定方で財政の能吏《のうり》として出世を重ねた鎮衛が佐渡《さど》奉行を経て、役高三千石の勘定奉行に登用されたのは天明《てんめい》七年（一七八七）。

前の月に老中首座となったばかりの、定信に見込まれてのことであった。

翌年から道中奉行まで兼任し、十一年に亘《わた》って精勤し続けた鎮衛が南町奉行に抜擢《ばってき》されたのは寛政《かんせい》十年（一七九八）。六十二になっていた。

それから十三年が経ち、今年で鎮衛は七十五。未だ隠居を願い出ることなく、江戸市中の司法と行政を預かる大役《たいやく》を担い続けている。

「身共《みども》は寄る年波でこの有様なれど、おぬしは壮健《そうけん》で何よりぞ。出会《お》うた頃とさほど変わっておらぬのではないか」

皺《しわ》の目立つ顔に苦笑を浮かべて、定信はつぶやく。

五十一の鎮衛を勘定奉行に登用した当時の定信は、まだ三十の若さだった。その時の鎮衛より年が上となった今、若き日に和歌の才を認められて京の都で『たそがれの少将』と称され、肖像画にも描かれた紅顔《こうがん》の美男子ぶりは見る影もない。

「向後《こうご》も老骨に鞭打ち、日々の務めに専心つかまつる所存にござる」

慇懃《いんぎん》に答える鎮衛の口上《こうじょう》は、折り目正しくも媚《こ》びを含まぬ自然体。

「やはり、おぬしは変わらぬな」

心地よさげに微笑む定信は、阿諛追従《あゆついしょう》に乗せられるほど甘くはない。

世間知らずだったのは田安徳川家の御曹司として、次期将軍候補の一人と目《もく》された頃までのこと。

艱難辛苦《かんなんしんく》と共に齢《よわい》を重ね、人間の性は悪であり、まずは疑ってかかる必要があると知り抜いている。探索の指揮に並々ならぬ才を発揮したのも、その慎重さがあってのことと言えよう。

定信は老中首座となる以前から腹心の左内に探索役を申し付ける一方、かつて将軍家に仕えた服部半蔵《はっとりはんぞう》の一族まで江戸に招聘《しょうへい》。政敵の田沼主殿頭意次《たぬまとのものかみおきつぐ》が失脚し、強大な権力を手にしてからは目付から御鳥見《おとりみ》に至るまで、探索を役目とする幕臣を上下の別なく使役して情報を集め、一部は新任の勘定奉行だった鎮衛に提供された。

綿密な調査で幕閣から末端の諸役人に至るまでの不正を暴き、幕府の人事に大きな影響を与えた定信は、火付盗賊改《ひつけとうぞくあらため》として勇名を馳せ石川島《いしかわじま》の人足寄場《にんそくよせば》の発足と運営に功績のあった御先手弓頭《おさきてゆみがしら》の長谷川平蔵宣以《はせがわへいぞうのぶため》を何故か嫌う一方、鎮衛を厚く遇した。町奉行に抜擢した後も集めた情報から有益なものを選んで提供し、市中の人気を集める上で一役《ひとやく》買った。

あくまで一役、である。

鎮衛が名奉行と呼ばれるに至ったのは、持ち前の才を発揮した成果だ。

勘定方の役人として培《つちか》った、緻密な思考と洞察力。

民の苦労を知り、理解を示しながらも武士としての本分を忘れぬ姿勢。

幾ら風聞《ふうぶん》を集めても、活かす器がなければ持ち腐れるだけだ。

定信自身も活かしきれなかった情報を余さず活用したのは、鎮衛だけではない。

「それがしの今日がございまするのは、越中守様の陰の御力添えがあってのこと。謝して止まずにおりますのは小田切《おだぎり》も同じでございましょう」

「土佐守《ときのかみ》か……惜しい者を亡くしたのう」

去る二十日に急死した小田切土佐守直年《なおとし》は鎮衛と同役の北町奉行として江戸市中の司法と行政に力を尽くし、町民から支持を得ていた人物である。

「後を任される者は、さぞ難儀なことであろうよ」

「されば、まだ決まっては……？」

「同役となるおぬしが聞き及んでおらぬことを、身共が知り得るはずもあるまい。昔と違《ちご》うて、手も金も足りぬのでな」

苦笑する定信は、かつて探索に使役した者たちとの繋がりを維持することができていない。老中首座を罷免《ひめん》された後、一大名として白河の藩政に専念するも、続く財政難に家中の不満が高まって家臣から意見書を提出され、老中首座であった当時に服部一族を使役する上で大枚《たいまい》の金子《きんす》を与えたことまで非難されていた。

「そこで肥前守、おぬしに引き受けてもらいたきことがある」

頃や良しとばかりに、定信は話を切り出した。

「ご用向きは何でございまするか」

「徳川御三卿、清水屋敷に関することだ」

「菊千代様の御身《おんみ》に、何ぞございましたのか⁉」

鎮衛の声が大きさを増した。

「越中守様が菊千代様を慈《いつく》しんでおられるのは存じ上げており申す。それがしに為し得ることならば労は惜しみませぬ故、子細をお聞かせくだされ」

「かたじけない」

定信は菊千代から打ち明けられた一件を、鎮衛に余さず明かした。

「……越中守様、申し上げてもよろしゅうござるか」

話を聞き終えた鎮衛が問う。

「何なりと申すがよい」

「化生は必ずしも人の意に沿うとは限りませぬ。畏《おそ》れながら上様の御子にして、清水徳川の御当主であらせられる御威光も、あやつらにとっては埒外《らちがい》のこと……菊千代様におかれましては、左様に御心得いただきたく存じ上げまする」

「それで構わぬ。身共は菊千代が可愛いと思うてはおるが、もとより甘やかすつもりはない故な」

「されば何故、それがしに左様なことをお申しつけに？」

「菊千代にわが身を鍛え、己を護ることを覚えさせたいからじゃ」

「化生が振るうた技を、でござるか」

「相手が物の怪に非《あら》ざれば左様に取り計ろうてくれ。徒手空拳《としゅくうけん》で小十人の腕利きどもを蹴散らすほどの手練なれば身共が扶持《ふち》を与え、菊千代に仕えさせてもよい」

「そこまでいたさば、上様の御勘気《ごかんき》に触れまするぞ」

「その上様に、身共は腹を立てておるのだ」

「こたびはまた、何故に」

「菊千代は遠からず、紀州《きしゅう》殿と縁付くことになるであろう」

戸惑う鎮衛に、定信は思わぬ話を明かした。

「去る如月の大火の後に、紀州殿が二万両の拝借金を授かりしことは存じておるか」

「存じており申す。江戸表《おもて》への御参勤も日延べを御認めになられたとか」

「菊千代を送り込む前祝いに、一橋の治済が指図しおったのだ。御三家を牛耳《ぎゅうじ》るだけでは飽き足らず、紀州徳川の当主に己が孫を据《す》える魂胆《こんたん》に相違あるまい」

「まことにござるか？」

「当の治済が身共を前にして吹聴《ふいちょう》しおったのだ。わざわざ一橋屋敷に呼びつけての」

「…………」

「治済は己が孫を手駒としか思うておらぬ。婚儀を通じて諸大名家に送り込み、傀儡《くぐつ》が如く操《あやつ》らんとしておるのだ」

「されば、菊千代様も」

「放っておかば傀儡となる。そうさせてはなるまいぞ」

「ご心中、お察し申す」

「よしなに頼むぞ」

「は」

鎮衛は慇懃に一礼し、白河藩上屋敷を後にした。

三

その夜、清水屋敷の裏手に身を潜める二人の男の姿があった。

「ったく、越中守様は相変わらず人使いが荒《あれ》えぜ」

「それを申すな八森《やもり》。役得なき我らにとっては、小銭稼ぎと申せど大事な金主《きんしゅ》ぞ」

「分かってらぁな。そうでなきゃ、こんな時分にわざわざ出張《でば》りゃしねぇよ」

「相変わらずなのはおぬしも同じぞ。御三卿の屋形《やかた》に忍び込むなど滅多になきことと醍醐味《だいごみ》を覚えておるのであろう？」

「へっ、お見通しだったかい」

「当たり前だ。おぬしとは長い付き合いだからな」

覆面越しに声を潜めて言葉を交わす男たちは、揃いの黒装束に身を固めていた。

武家屋敷の裏門は、往々にして見張りが甘い。大名や旗本の屋敷を狙った押し込みが多発した寛政の初めの頃はいざ知らず、当節の盗人《ぬすっと》どもはそこまで無謀ではないからだ。厳重な警戒にも何処《どこ》か抜けがあることを二人は知っていた。

「さて壮《そう》さん、ぼちぼち行こうかね」

「うむ」

頷き合った男たちは裏門に歩み寄った。

見回りの番士をやりすごし、屋敷内に忍び込む動きは慣れたもの。町方同心にして御庭番さながらの探索御用をこなす、隠密廻《おんみつまわり》ならではの手際であった。


それから一刻（約二時間）の後。

「夜分にお邪魔いたしやすよ、南のお奉行様」

深夜の役宅に音もなく入り込んだ男は、敷居際から伝法《でんぽう》な口調で告げてきた。

「八森と……和田《わだ》か」

「ご無礼をつかまつりまする」

鎮衛の答えを受け、相方の男が折り目正しく訪《おとな》いを入れる。

敷居の向こうに膝を揃えた男たちは、黒装束に覆面をしたままである。

無礼を咎めることなく、鎮衛は二人に向き直った。

「おぬしらも越中守様からご下命《かめい》を承ったか」

「おや、ご存じだったんですかい」

「はきとは申されてはおられなんだが、越中守様のやり方は委細承知じゃ」

「二の手三の手を打って抜かりがねぇようになさるのは、ご老中だった頃から変わりやせんからねぇ」

「これ、無駄口を叩くでない」

覆面の下で苦笑いする八森を、鎮衛に和田と呼ばれた相方の男が叱りつける。

「重ねてご無礼をつかまつりました、お奉行」

鎮衛に向き直り、詫びる態度も折り目正しいものだった。

「構わぬぞ和田。して八森、用向きは何じゃ」

「ちょいと清水屋敷を探って参りやしたんでね、分かったことをお耳に入れとこうと思って参上しやした」

「まことか。相も変わらず、仕事が早いのう」

散歩帰りのような口ぶりの八森に、鎮衛は感心した様子で言った。

「まぁ、好きでやってることでござんすからねぇ」

「拙者《せっしゃ》も同じにござれば、お気兼ねなきように願い上げまする」

覆面の下で微笑んだ八森に続き、和田が折り目正しく告げる。

二人の報告は、鎮衛が探す相手に目星をつける上で有益な内容であった。

「御堀の藻《も》が畳にこびりついておっただと？」

「ほんのかけらですが間違いありやせん。本草学《ほんぞうがく》をかじってた若え頃《わけ》、御堀のごみを拾う態《てい》で採ってきたもんと同じでございやす」

そう言って八森が取り出したのは、懐紙《かいし》に包まれた藻の切れ端。

「畳表まで張り替えちまえばいいものを、適当に拭いただけで済ませたせいで残っていたんでさ。仮にも御三卿なのに、吝《しわ》いこってさ」

「おかげで手証《てしょう》が見つかったのだ。もっけの幸いであろうぞ」

傍らの和田が八森を窘めると、鎮衛に向かって問いかけた。

「お奉行様におかれましては、かかる次第を何とご判じなされまするか？」

「……妖怪変化の類ならば、左様なものは残すまいよ」

「ご明察《めいさつ》にございまするな」

にこりともせずにいた和田が、覆面の下で初めて微笑んだ。

気を良くしても、折り目正しい口ぶりは変わらない。

「我らも同じにござったが、御堀を渡らずして清水様の御屋敷に辿り着くことは叶いませぬ」

「幽的《ゆうてき》だったら泳いで渡って、こんなもんがひっつくこともありゃしねぇ……菊千代様が探していなさるってぇ拳法使いは間違いなく、生身《なまみ》の人間でございやすよ」

静かに言上《ごんじょう》した和田に続き、八森が確信を込めてつぶやく。

「大儀であったな、おぬしたち」

二人の労をねぎらう鎮衛の目にも、揺るぎない確信が宿っていた。

四

梅雨入りを前にした大川は薄闇の中、穏やかに流れていた。

夜明け初《ぞ》めの東の空は、ゆるゆると緋色《ひいろ》に染まりつつある。未だ暗い川面《かわも》には都鳥《みやこどり》が群れを成し、巧みに魚を採っている。

海辺に生息する鷗《かもめ》が鳩や鴉《からす》に劣らず多いのは江戸湾を間近に臨む、永代橋の界隈《かいわい》ならではのことである。

将軍家の御膝元をたゆたう大河は日本橋《にほんばし》を中心とする江戸城下、そして本所と深川の地を流れる運河と繋がっている。深川を縦横に巡る運河の中でも重きをなす仙台堀《せんだいぼり》は、永代橋の東詰めに近い佐賀町で大川と合流していた。

大河と運河の恩恵に浴した佐賀町には、当然ながら蔵が多い。

仙台堀と呼ばれる由来となった伊達《だて》家をはじめとする大名の蔵屋敷に増して、河岸沿いに店を構える問屋の土蔵が目立つ。中でも多いのは鰯《いわし》の油を抜いて乾燥させ、金肥《きんび》と称する上等の肥料に仕立てた、干鰯《ほしか》を扱う問屋の蔵だった。

その長屋は、佐賀町で一、二を争うと評判の干鰯問屋が所有していた。

表通りに面した木戸を潜った先の、路地にたたずむ長屋は五軒。かまどと流しが置かれた土間を別にして六畳の間取りは裏長屋としては余裕のある、夫婦者や子持ちの一家を店子《たなこ》とする家作《かさく》であった。

路地の出入口に当たる木戸には番小屋が付いており、長屋と比べれば手狭なものの番人が詰め、寝起きをするのにも不自由はない。

夜明け前の木戸の内では若い男が独り、朝の掃除に勤《いそ》しんでいた。

昨日の昼下がりに、永代橋で『若様』と呼ばれていた青年である。

番小屋に備え付けの箒《ほうき》で路地を掃き、夜風で舞い込んだ塵芥《ちりあくた》を集めて回る手つきは慣れたもの。先に掃除を済ませたらしい共用の厠は惣後架《そうこうか》と呼ばれる木製の便座のみならず、汚れがちな脇の板まで雑巾がけがされていた。

若様の仕事ぶりは丁寧な上に、動きが速い。

夜が明ければ長屋の住人たちが起き出すばかりでなく、木戸が開くのを待ちかねて豆腐に納豆、貝の剝き身といった朝餉《あさげ》のおかずを売りに来る棒手《ぼて》振りを、路地に通さなくてはならないからだ。

東の空が明るくなってきたのは青年が掃き掃除を終え、厠の脇のごみ捨て場から番小屋に戻った時のことだった。

箒を置いた若様は、窓越しに空を見上げて微笑んだ。

枠木の間から射し込む朝日に、剃り上げられた頭が輝いている。

朝の掃除を始める前に、剃刀《かみそり》を当てたらしい。もとより番小屋には鏡など置いてはいないが、慣れれば手探りで剃り残さずに済ませることはできるものだ。

番小屋を出た若様は慣れた手つきで戸締めを外し、木戸を開く。

それを待っていたかの如く、二人の男が姿を見せた。

「よぉ、若様」

「いつもながら勤勉だな。感心なことぞ」

「お早うございまする」

喧嘩相手の二人連れに挨拶を返す、若様の態度は朗《ほが》らか。

もとより敵意など抱いておらず、所望された立ち合いに怪我をさせぬように応じているだけなのだ。

相手の俊平も、いつになく大人しい。

「どうされましたか沢井さん。私はいつでも構いませぬが」

「今朝は喧嘩を売りに来たわけじゃねぇ。ちょいと話があって来ただけだ」

「お話、ですか？」

「俺たちが永代橋で助けた、がきどものことなんだけどな」

「あの少年がいけなくなったのですか」

「いや、そうじゃねぇんだよ」

俊平は大人しいばかりか、いつもと違って口が重かった。

「無事なことは無事なのだが、な……」

横から口を挟んだ健作も、いつになく歯切れが悪い。

しばし躊躇《ためら》った後、二人は重い口を開いた。

「お前さんが銚子屋に戻った後、俺と平田で家まで送ってやろうとしたんだが、新太《しんた》……溺れかけた上のがきが大丈夫だって言い張るもんで根負けして、そのまま帰しちまったんだよ」

「それが自身番に見咎められてしもうたらしいのだ。運んでおった米俵を盗んだものと決めつけられてな。何を訊いてもだんまりを決め込む故、そのましょっ引《ぴ》かれてしまったらしい」

「お縄にされたのですか？」

若様が上げた声は、驚きよりも怒りが勝る響きだった。

「落ち着け若様。俺たちも知ったのは、つい今し方なんだよ」

俊平が宥《なだ》めるようにして言った。

「昨夜《ゆんべ》は番所に留め置かれただけらしいが、今日は数寄屋橋から役人が出張ってくるこったろう。今月は南の月番だからな」

「南のお奉行は根岸肥前守なれば、子どもを相手に非道な真似はすまい。したが証しを立てなければ、罪に問われることは避けられぬであろうな……」

俊平に続いて口を開いた健作も、沈痛な面持ちであった。

「……ということは、証しを立てればよいのですね」

「若様？」

「おぬし、どうするつもりだ」

「あの少年を助けたのは私たちです。危《あや》ういところを救っておきながら、知らぬ顔はできません。そうではありませんか」

「う、うむ」

決然と問う若様に気圧《けお》されて、俊平が頷く。

「乗りかかった船……いや、仏作って魂入れずにしてはなるまいよ」

傍らに立つ健作も、踏ん切りがついた様子でつぶやいた。

五

午前の明るい日射しの下を、登城する鎮衛の一行が進みゆく。

四人の陸尺《ろくしやく》が担いだ長棒の駕籠に付き従う、供の数は二十人余り。

先導役の徒士《かち》が一人。鑓《やり》持ちの同心と駕籠を両脇から警固する侍が四人ずつ。後に続くのは馬を引く二人の足軽と、荷物持ちの中間《ちゅうげん》たちだ。

町奉行は決まった日を除き、いつも朝四つ（午前十時）前に登城する。後から出仕《しゅっし》してくる老中を待ち受け、承認が必要な事件について進達《しんたつ》すると同時に、御用向きのさまざまな諮問《しもん》に応じるためである。

江戸市中の司法に加えて行政を受け持つ町奉行には、老中も頼る部分が多い。このところ穏やかならざる諸外国への対処を含めた日の本全体の政《まつりごと》も大事だが、将軍家の御膝元たる大江戸八百八町《はっぴゃくやちょう》で起きている問題を、見逃すわけにはいかないからだ。

前方に大手御門《おおてごもん》が見えてきた。

徒士の合図に応じ、陸尺が駕籠を降ろす。

すかさず二人の中間が走り寄った。

一人が駕籠の引き戸を開き、いま一人が草履を揃える。

その間も警固の同心と侍は油断なく、周囲に目を光らせていた。

四人の鑓持ちは同心と言っても南町奉行所には属していない、奉行個人に仕える身の上だ。登城の供をしてきた他の面々も同様で、駕籠から降り立つ奉行のことを上役ではなく、主君と仰ぐ立場であった。

「皆の者、大儀じゃ」

草履を履いた鎮衛は穏やかな笑みを浮かべて、家来たちをねぎらった。

流行《はや》り風邪から回復した患者たちが床上《とこあ》げをして働き始めたことにより、江戸市中には活気が戻りつつある。

人手不足の解消に伴い、滞っていた大火からの復興も再開された。

必要な金を出すのは、被災した町に家作《かさく》を有する地主たちだけではない。

幕府は藩邸が焼失した紀州徳川家のために拝借金二万両を都合した上、江戸参勤を延期させて負担の軽減を図る一方、湯島《ゆしま》の昌平坂学問所《しょうへいざかがくもんじょ》の修理を始めた。

公金を投じて行われる工事の下請けや孫請けは、流行り風邪で寝込んだ穴埋めに手堅く稼ぎたい大工や瓦《かわら》職人、左官や人足も安心して取り組める。工事を仕切る役人は汚職を厳しく禁じられており、手間賃の上前《うわまえ》を撥《は》ねられる恐れがないからだ。

悪名高い老中の田沼主殿頭意次が幕政を私物化し、賄賂《わいろ》を横行させたのは三十年も前のこと。当時は見逃された役得も容赦《ようしゃ》なく罪に問われ、腹を切って自身を裁くのを許されずに首を打たれて末期に恥を晒《さら》す羽目となる。

この厳しい体制を作ったのは、意次の失脚後に老中首座として幕政の改革を行った松平越中守定信その人だ。

将軍家直参《じきさん》の旗本や御家人も贔屓《ひいき》せず、緩《ゆる》みきった士風を引き締めんとした定信の政策は周囲から反感を買い、わずか六年で罷免されてしまったが、その方針は若手の老中だった松平伊豆守《いずのかみ》信明《のぶあきら》らによって継承された。

今や老中首座となった信明を中心とする幕閣の古株たちは、幕政の改革が行われた当時の元号を冠して『寛政《かんせい》の遺老《いろう》』と反対派に揶揄《やゆ》されながらも、厳しい方針を未だ曲げることなく受け継いでいる。

清廉潔白《せいれんけっぱく》の士であった定信の政策は、江戸市中の民に対しても甘くはない。再三に亘る奢侈禁令で贅沢を取り締まると同時に学問を奨励し、幕府が正学《せいがく》と定めた朱子学《しゅしがく》を通じて上下の分をわきまえることを強《し》いてきた。

しかし活気が戻っても、暮らし向きが急に良くなるわけではない。

市中の民の不満を和らげるのは名奉行と誉れも高い、南町奉行の揺るがぬ人気。

根岸肥前守鎮衛の存在は華のお江戸において、それほどまでに大きかった。

六

銚子屋門左衛門《もんざえもん》は、深川佐賀町で一、二を争う干鰯問屋のあるじだ。

門左衛門で三代目となる銚子屋は屋号のとおり、房総《ぼうそう》から裸一貫で江戸に出てきた祖父が興《おこ》した店である。

祖父から父へ受け継がれ、商いを広げてきたのを危うくしたのは若い頃、酒色遊《しゅしょくゆう》興《きょう》に明け暮れていた門左衛門。

存命だった祖父の怒りに触れて勘当《かんどう》され、身柄を銚子に送られた門左衛門は鰯漁の船に乗せられた上に干鰯作りの労働にも従事させられ、己が遊びに散じた金の値打ちを思い知らされた。

改心して江戸に戻ってからは商いに身を入れ、色里《いろざと》通いも断って女房一筋に励んだ結果、可愛い娘に恵まれた。

その女房には先立たれてしまったものの、夜明けと同時に元気な産声《うぶごえ》を上げた一人娘はお陽《よう》と名付けられ、今年で十八のお年頃だった。

銚子屋に限らず、干鰯問屋の店の中は造りが簡素である。

暖簾《のれん》を潜《くぐ》った先には帳場があり、客用の座布団と煙草盆も用意されてはいるが長話をしていく者など滅多に居《お》らず、灰吹きを取り替える必要がないほどだった。

それほど干鰯は需要が多く、仕入れる端から客の許《もと》に運ばれていく。荷の動きと金の出入りが速いだけに、現品はもとより帳簿による管理が重要であった。

銚子屋の帳場は家付き娘のお陽が預かっている。子どもの頃から算盤《そろばん》が達者なのみならず算学を好み、暗算も得意なのだ。

門左衛門は部屋の文机《ふづくえ》に帳簿を広げ、朝餉の前に目を通していた。

隣にお陽が付き添い、てきぱきと説明しながらのことだ。

「よくまとめてくれたね……うん、大事ないよ」

「何をお言いだい、おとっつあん。娘を褒めたって何もなりゃしないだろ」

笑顔の父親に労をねぎらわれ、お陽はくすぐったそうに微笑んだ。

ぱっちりとした目が愛らしく、名前に違《たが》わぬ明るい雰囲気のお陽は佐賀町界隈のみならず、深川じゅうでその名を知られた小町娘。俊平が惚れ込むのも無理はない。

「ふふ、娘に世辞を言うほど親ばかじゃないよ」

微笑み返す門左衛門は、面長《おもなが》で苦《にが》み走った顔立ち。若い頃は男っぷりの良さを持ち上げられて慢心《まんしん》し、身を持ち崩したものだが齢を重ねた今は身を慎み、女房に先立たれて十年が経っても後添《のちぞ》えを迎えず、妾《めかけ》を持とうという素振りも見せない。

そんな門左衛門の一番の願いは、愛娘《まなむすめ》に良い婿《むこ》を迎えること。

婿候補の筆頭は、お陽が首ったけの若様だ。

銚子屋に留《とど》まらず、今では界隈の誰からも『若様』と呼ばれるようになった青年は半年前、行き倒れになりかけていたところを門左衛門とお陽に助けられた。

その時は耳に掛かるほど髪が伸びていたが、月代のみならず頭髪を余さず剃ることを常とする、出家《しゅっけ》の身であったことは自《おの》ずと察しがついた。

故あって出奔《しゅっぽん》したにせよ、放っておくわけにはいかない。門左衛門は意識を失ったまま目を覚まさぬ若様の身柄を保護した上で寺社奉行に届けを出し、身元を照会したものの、該当《がいとう》する修行僧は一人も居なかった。

放り出せば無宿人《むしゅくにん》として扱われ、罪を犯していなくても人足寄場《にんそくよせば》、悪くすれば佐《さ》渡金山《どきんざん》送りにされてしまう。目覚めた時に記憶の一部を失っており、修行をしていた寺の名前はもとより己の法名《ほうみょう》、更には本名まで忘れてしまっていては尚のこと、無《む》下《げ》に扱うわけにはいかなかった。

門左衛門に引き取られ、銚子屋が所有する長屋の木戸番として人別《にんべつ》（戸籍）を得た青年は、若様の愛称で皆に親しまれるようになって久しい。

なぜか毎月八日になると決まって夜歩きに出かけ、長屋の店子たちの話によると夜明け近くまで戻ってこないというのが、いささか気になるところではあるが――。

「あっ、若様！」

お陽の明るい声を耳にして、門左衛門は我に返った。

「お早うございまする」

若様は敷居際に膝を揃え、いつものように折り目正しく坊主頭を下げた。

その上で持ち出したのは、思わぬ話。

「銚子屋殿、勝手ながら本日はお暇を頂戴したいのですが」

「そりゃ構わねぇが、どうしなすったんですかい」

門左衛門は許しを与えながらも、怪訝《けげん》そうに問いかける。

若様は長屋の木戸番の他には、決まった役目を持っていない。

腕っ節《ぷし》が強い上に能筆《のうひつ》で、荷揚げから帳簿付けの手伝いまで任せることができるとあって、手が足りぬ仕事を臨機応変に手伝う立場を担っていた。

今日は抜けてもらっても障《さわ》りはなさそうだが、何のためかは気にかかる。

「どうしたの、若様？」

お陽も気になる様子で問いかけた。

「数寄屋橋の御門の内まで参ります」

「数寄屋橋の御門って……南の御番所に行くんですかい？」

「はい、左様にございまする」

驚いて声を失う父娘に、若様は毅然《きぜん》と答えた。

七

江戸城の本丸御殿《ごてん》は一般の武家屋敷と同様に、表と奥に分かれている。

表では旗本を中心とする幕府の諸役人が御用に勤しみ、その先の奥向きにあるのが将軍の御座所《ござしょ》を擁《よう》する中奥《なかおく》、そして男子禁制の大奥《おおおく》だ。

町奉行が詰めるのは、表にある芙蓉《ふよう》の間《ま》。

鎮衛は席に就いて早々、中奥に呼び出された。

中奥の入口に近い御用部屋で老中から諮問を受けるのはいつものことだが、連れて行かれたのは、将軍が日中の大半を過ごす御休息の間であった。

「肥前守殿、くれぐれも御無礼のなきようになされよ」

しかつめらしく傍らで注意を与える、五十絡《がら》みの美丈夫は林出羽守《はやしでわのかみ》忠英《ただふさ》。家斉の一の御気に入りの御側御用取次《おそばごようとりつぎ》にして、何かと黒い噂のある人物だった。

鼻持ちならぬ相手だが、将軍とのやり取りは御側衆が間に入るのが決まりである。

「心得おり申す」

鎮衛が言葉少なに答えた直後、御刀持ちの小姓《こしょう》を従えて家斉が姿を見せた。

十五の若さで将軍職に就いた家斉も、今や三十九の男盛りだ。

「肥前、近《ちこ》う」

「上様？」

「苦しゅうない。近う寄れ」

慌てる忠英に構うことなく、家斉は重ねて告げる。

通例では有り得ぬことだが、手招きまでされては謹《つつし》んで従うより他にない。

鎮衛は御前に膝を進め、改めて平伏する。

深々と頭を下げたままの鎮衛に、家斉はさらりと告げてきた。

「肥前、そのほうに虫退治を申しつくるぞ」

「虫、にございまするか？」

「清水屋敷に入り込み、菊千代を惑《まど》わしおった輩《やから》のことよ。詮議《せんぎ》には及ばぬ故、召し捕り次第引導《いんどう》を渡すがいい」

「……………」

事も無げに言い渡す家斉に、鎮衛は返す言葉を持ち得なかった。

第二章　名奉行の心眼《しんがん》

一

「肥前守殿、もとより否《いな》やはござるまいな」

平伏したまま絶句する鎮衛に、忠英が横から念を押してきた。

上様の腰巾着《こしぎんちゃく》め、と唾棄《だき》するわけにはいかない。

武家の理《ことわり》に照らせば、非難されるべきは鎮衛だ。

主君の命じることには何であれ、黙して従うのが武士の習いである。

それでも道理に反する所業には異を唱え、命と引き換えになろうとも諫《いさ》めなくてはなるまいが、家斉が鎮衛に命じたのは将軍家の威光を守る上で必要なことだった。

清水屋敷に忍び込み、警固の者たちを打ち倒した拳法使いは、菊千代にかつてない関心を抱かせたばかりか、その技を願わくば習いたいとまで言わしめたのだ。

「おぬしは御尊顔を拝したことなどあるまいが、菊千代様は御健《おすこ》やかに御育ちあそばされ、上様も先々を御楽しみにしておられる御方じゃ。御成長を妨げるものは化生であろうと、早々に除かねばならぬと心得よ」

「化生、と申されますと？」

「決まっておろう。清水様の御屋敷に迷い出で、菊千代様の御心を乱せし妖怪変化《ようかいへんげ》のことぞ」

「されば、そやつは人ではないと」

「左様。なればこそ、おぬしに白羽の矢が立ったのじゃ」

居丈高《いたけだか》に告げられて、鎮衛はようやく合点《がてん》した。

鎮衛は佐渡奉行だった頃から二十年余りに亘って筆を執り、怪異の目撃談をはじめとする雑話を『耳嚢《みみぶくろ》』と題し、こつこつと書き続けていた。

勘定方の能吏として出世を重ね、南町の名奉行となるに至った鎮衛の意外な一面は旗本仲間から大名諸侯、更には市井《しせい》の好事家《こうずか》にまで知れ渡っている。私製の書として巻を重ねた『耳嚢』は公に刊行されてはいないものの、乞《こ》われて貸し出したのが写本となって愛読されていた。

その評判が将軍の耳にも達し、斯様な次第となったらしい。

「出羽が申したとおりぞ、肥前」

家斉が鎮衛に語りかけてきた。

しかし声をかけられても許しが出るまで、顔を上げるわけにはいかない。

平伏したまま耳を傾ける鎮衛に、家斉は続けて語りかけた。

「菊千代は余に似て気丈な子での、化生であろうと構わぬ故、いま一度会《お》うてみたいと言うてきかぬのだ。げに頼もしきことなれど、いずれ紀州の家督を継がせ、吉宗公の後継となす前に妙な噂が立っては、縁組にも差し障《さわ》る。故に元から断つが肝要と判じて出羽と諮《はか》り、そのほうを呼んだ次第じゃ」

定信が鎮衛に語ったことは、憶測ではなかったらしい。

家斉が菊千代を清水徳川家の当主に据えたのは、曽祖父で八代将軍の吉宗を生んだ紀州徳川家へ養子に出すことによって一橋徳川家を名実共に、徳川の頂点に立たせるためだったのだ。

「時に肥前、そのほうは越中と昵懇《じっこん》らしいの?」

家斉がさりげなく問うてくる。

「……八丁堀にお住まいなれば、ご挨拶を申し上げてはおりまする」

「左様か。近所付き合いならば是非もあるまい」

言葉を選んだ答えに、家斉は立腹することもなく微笑んだ。

「そのほうも知ってのとおり、越中は若年の余を支えてくれた忠臣《ちゅうしん》じゃ。一橋の父上も未だ謝して止《や》まずにおるわ」

真っ赤な偽りと言わざるを得まい。

一橋徳川家の先代当主にして家斉の実の父である治済は、類《たぐ》い稀《まれ》な権謀術数《けんぼうじゅっすう》の才を以て田安徳川家の定信を出し抜き、わが子を将軍の座に就けた。

同じ御三卿でも田安は一橋より格上だが、家督を継ぐはずだった定信が白河藩主の久松松平家へ養子に出され、田安御門内の屋敷は長らく当主が不在の空き屋形《やかた》という扱いをされた後、家斉の弟の斉匡《なりまさ》が継いだ。

残る清水徳川家も菊千代が当主となり、御三卿は一橋徳川家が独占した。

そして治済は満を持し、御三家の乗っ取りに乗り出したのだ。

すでに尾張徳川家は直系の男子が絶え、家斉の甥に当たる斉朝《なりとも》が婿入りして家督を継いでいる。水戸徳川家は脈々と血筋を保っているものの、もとより将軍職の継承権を有さぬ立場のため、強《し》いて乗っ取るには及ばない。

残る紀州徳川家を吉宗の玄孫《やしゃご》の菊千代が継げば、治済の野望は完遂《かんすい》される。

父から子、子から孫へ三代続いた野望が達成されるのだ。

治済の父で一橋徳川家の祖となった宗尹は、吉宗の成人した三人の息子の中で最も目立たぬ存在だった。次兄の宗武のように長兄の家重が世子《せいし》と決まった不満を露《あら》わにすることなく、武家の男子らしからぬ趣味の菓子作りを好んだ。陶芸や染め物に凝りながらも武芸に打ち込み、鷹狩りへの熱中ぶりは尋常ならざるものであった。趣味に耽溺《たんでき》することで無聊《ぶりょう》のみならず、無念も紛《まぎ》らわせていたに相違ない。

宗尹の無念を晴らすには、紀州徳川家の縁組を成立させることが必須。

しかし菊千代に妙な噂が立てば、養子入りに支障を来《きた》す。

火事見舞いにかこつけた融資と融通《ゆうずう》も、無駄になってしまうのだ。

「越中はよほど菊千代が可愛いと見えて、柔術《やわら》を教えにわざわざ清水屋敷まで通うてくれておるそうじゃ」

「左様にございまするか」

「異国船への備えを命じてある故、その暇も無《の》うなるであろうがな」

そのような理由もあって、白河藩に江戸湾の防備を命じたらしい。

家斉はどうあっても、定信を菊千代から遠ざけたいのだ。

しかし、定信も容易には退《ひ》くまい。

あの堅物《かたぶつ》が入れ込まずにはいられぬほど、菊千代には見込みがあるからだ。

鎮衛も拝謁《はいえつ》したことはないものの、定信の言葉で察しは付く。

家斉の子、治済の孫とは信じ難く、傀儡《くぐつ》にさせてはならない少年。

その菊千代が惹かれたという拳法使いも、只者《ただもの》ではあるまい。

だが、家斉にとっては邪魔者でしかない。

一橋徳川家代々の野望達成に不可欠な菊千代を惑わせ、傀儡に無用の自我を芽生《めば》えさせた相手を、抹殺せずにはいられぬのだ。

相手が妖怪変化の類であれば、そうせざるを得ないだろう。

鎮衛が『耳嚢』の中で書き綴ってきた怪異譚《たん》には、絵空事《えそらごと》と思えぬものが数多い。

書き手である鎮衛が、身を以て知っていることだ。

定信の目に叶うほど将来のある少年を、怪異の餌食《えじき》にさせてはなるまい。

されど相手が人、それも真っ当な人物ならば話は違う。

「上様に御伺い申し上げまする」

鎮衛は面《おもて》を伏せたまま、家斉に向かって言上した。

「苦しゅうない。申せ」

忠英が口を挟むより早く、家斉は鎮衛に許しを与えた。

その機を逃さず、鎮衛は家斉に問う。

「菊千代様の御前《おんまえ》に顕れしがまことに化生であれば、これを除くは是非に及ばぬことと存じまする」

「引き受けてくれるのだな、肥前」

「御意《ぎょい》」

「それは重畳《ちょうじょう》。しかと頼むぞ」

「されど人、それも咎なき者ならば無下にはいたしかねまする」

「何？」

「肥前守殿！」

家斉と忠英の声が重なった。

「御聞きのとおりにございまする」

臆《おく》することなく、鎮衛は続けて言上した。

「身共は天下の御法に従《したご》うて、罪を裁くが御役目の町奉行。法の外に生くるものには詮議《せんぎ》も無用にござれど、人が相手の無法は許せませぬ」

「黙りおれ、肥前守っ」

すかさず鎮衛を叱りつけたのは忠英。家斉の声は聞こえない。

「出羽守殿こそ、お黙りなされい」

「な、何だと」

「御法の番人たる町奉行に、裏で人を始末せよとは言語道断にござる」

忠英をやり込めると装い、家斉を諫めんとした言葉であった。

二

御休息の間は静まり返っていた。

家斉は沈黙しており、微《かす》かに聞こえるのは怒りを抑えきれぬ忠英が漏らす息の音。

面を伏せたまま、鎮衛は覚悟を決めていた。

無礼は承知の上である。

この場で腹を切れと命じられても構うまい。

それだけの気概を持って、町奉行の任を務めてきたのだ。

しかし、家斉が詮議無用と言うのも分かる。

召し捕って裁きにかければ、素性はもとより罪状も世間に知れ渡る。

その結果、将軍家は天下に恥を晒すこととなるのだ。

御三卿の清水屋敷に曲者が忍び込んだこと自体が醜聞である以上、相手を人知れず亡き者とし、全てを隠し通すべきなのだ。

鎮衛は町奉行であると同時に、将軍家直参の旗本だ。

主君の家斉が命じること、それも将軍家の威光を損なうことをしてはなるまい。

まして鎮衛は他の旗本たち以上に、将軍家の恩顧を受けている。

実家の安生《あんじょう》家は五代将軍の綱吉《つなよし》が生まれた館林《たてばやし》徳川家、養子に入った根岸家は六代将軍の家宣《いえのぶ》が生まれた甲府《こうふ》徳川家にそれぞれ仕え、将軍職を継いだ主君によって旗本に取り立てられた。

父祖の代に受けた恩を返すことは子孫の役目だ。

されど、鎮衛は町奉行。

役目は将軍家の御膝元、華のお江戸の治安を守ること。

その礎《いしずえ》である、天下の御法を曲げてはなるまい。

将軍家への忠義と、町奉行としての使命。

どちらを重んじるべきなのか。

「肥前、面を上げよ」

沈黙を破り、家斉が命じてきた。

「ははっ」

鎮衛は厳かに答え、上体を起こす。

「苦しゅうない。そのほうの存念を、はきと申せ」

家斉の表情には言葉に違《たが》わず、怒りの色は見出せない。

「恐悦至極《きょうえつしごく》に存じ上げまする」

鎮衛は謝意を述べた後、家斉に言上した。

「まず菊千代様に拝謁し、御直々に子細を承りますことを御許し願い上げまする」

「肥前の好きにいたすがよい」

「かたじけのう存じ上げまする」

言質《げんち》を取った鎮衛は、深々と頭を下げる。

直《じか》に菊千代と話をすれば相手が化生か、あるいは人なのかがはっきりする。

化生であれば是非に及ばず、再び清水屋敷に襲い来るのを待って祓《はら》うのみだが北町の隠密廻同心たちの見立てを信じるならば、相手は人だ。

あの二人が判断を誤ったことは、鎮衛の知る限りは一度もない。

鎮衛の見立ても同じである。

その裏付けを取るために、菊千代と話をすることが必要なのだ。

武家屋敷で起きた事件は本来、目付が扱うことである。

まして大名、それも御三卿ならば大目付が出張《でば》るべきだろう。

しかし、家斉は事が公になるのを望んではいない。

故に鎮衛が呼ばれたのだ。

町奉行が御三卿に関わる事件の解決に乗り出したとは誰も思うまいし、相手が妖怪変化であれば大目付も目付も手に負えない。

鎮衛に白羽の矢が立ったのは、菊千代と定信にとっては幸いだった。

拳法使いの身柄は定信が密かに預かり、菊千代が紀州へ行く運びとなった時に同行させればいい。すぐに整う縁組ではあるまいし、ほとぼりを冷ます時間は十分だ。

しかも今、江戸の町奉行は鎮衛のみ。

北町奉行が空席である限り、余計な口を挟まれることもない。

亡き小田切直年ならば邪魔立てせず、むしろ手を貸してくれたはず。

つくづく惜しい人物であった。

後に任じられる北町奉行は、さぞ苦労するだろう。

そんなことを思いつつ、鎮衛は重ねて家斉に頭を下げる。

御休息の間から退出して芙蓉の間に戻り、下城の刻限となるのを待って清水屋敷に赴くのだ。

「肥前、そのほうは清水屋敷は初めてか」

折り目正しく平伏した白髪頭を見下ろし、家斉が問うてきた。

「仰せのとおりにございまする」

構えることなく鎮衛は答える。

「されば案内《あない》を付けてつかわそう」

鎮衛にそう告げるなり、家斉は忠英に視線を向けた。

忠英は無言で一礼し、御休息の間を後にする。

早々と連れて来たのは、結《ゆ》いたての本多髷《ほんだまげ》から鬢《びん》付け油が匂い立つ六十男。鎮衛と同じ長裃《ながかみしも》をでっぷりと肥え太った体に纏《まと》い、頬と顎の下にはたるみが目立つ。それでいて両の瞳が放つ眼光は鋭く、身のこなしにも隙がなかった。

三

「備後守《びんごのかみ》……」

唖然《あぜん》とする鎮衛に構うことなく、男は忠英に続いて敷居を越えた。

背筋を伸ばして膝立ちとなり、畳の上を威風堂々《いふうどうどう》と進みゆく。

殿中の作法である膝行《しっこう》は目方《めかた》が重い者ほど支える膝の負担が大きく、一定の高さに保つべき頭の位置も上下しがちだが、男の所作は危なげがない。長袴の裾の捌きも手慣れたもので、誤って踏むことなく鎮衛の隣に膝を進めた。

傍らで唖然としたままの鎮衛に無言で微笑み、男は上段の間から見守っていた家斉に向かって平伏した。

将軍が臣下と接する部屋は上下の段に分かれており、上段の間には畳が重ねて敷かれているため、自ずと将軍は高みから見下《みお》ろす態《てい》となる。

「永田《ながた》備後守、面を上げよ」

「ははーっ」

元の位置に戻っていた忠英に促され、男は謹厳《きんげん》な面持ちで上体を起こす。

平伏する間際に微笑みながら鎮衛に投げかけた、不敵な表情はどこにもない。将軍に拝謁する際の作法に則《のっと》り、面を上げても視線は伏せたままであった。

「備後、そのほうに北町奉行を申しつくる」

家斉が男に向かって告げたのは、御目見の資格を持つ大名と旗本が公儀の御役目に就いた際、辞令として授ける常套句《じょうとうく》。

「誠心誠意、相勤《あい》めさせていただきまする」

「励め」

再び平伏した男に家斉が告げたのは、これも決まりの一言だ。

これにて一件落着とばかりに家斉は立ち上がり、悠然と踵《きびす》を返した。

御側付きの小姓の一人が、奥の部屋に通じる襖を開く。

御刀持ちの小姓を後に従え、家斉は御休息の間を後にする。

襖が閉まるのを待って、男は上体を起こした。

でっぷりした体をゆすり、呆然《ぼうぜん》としたまま共に頭を下げていた鎮衛に向き直る。

「一別《いちべつ》以来にござるな、肥前守殿」

「……おぬしが、北の奉行に選ばれたのか」

「貴殿が書き留めておられる話と同じく、現世《うつしょ》は奇々怪々なものにござるよ」

信じ難い様子でつぶやく鎮衛に、男は不敵な笑みを返した。

「ともあれ本日より貴殿とは御同役なれば、よしなにお引き回し願いますぞ」

何食わぬ顔で新任の口上を述べられ、鎮衛は憮然《ぶぜん》と見返す。

この男、永田備後守正道《まさみち》は当年六十歳。

十五歳上の鎮衛と同じく勘定方で出世を重ね、勘定奉行に選ばれたのは昨年の師走《しわす》のことである。勘定奉行から町奉行に進むのは旗本の出世に定番の流れだが、半年を経ずして実現するのは珍しい。前《さき》の北町奉行だった小田切土佐守直年が現職のまま急逝《きゅうせい》したという事情を踏まえても、納得し難い人事だった。

この人事に納得できずにいたのは忠英と共に正道に付き添い、御休息の間を訪れた老中首座の松平伊豆守信明も同じであった。

町奉行たちの静かな応酬を、信明は無言で見守っていた。

「伊豆守様、お加減が優《すぐ》れませぬかな」

傍らに座った忠英が親切ごかしに呼びかけても応じることなく、得意満面な正道を睨《にら》みつけている。

「出羽守……あやつを上様に推《お》したのは、おぬしであろう」

正道に向けた視線をそのままに、呻くように問いかける。

「滅相《めっそう》もない。上様の御声がかりにございますれば、身共は何も」

臆面もなく忠英は答えた。

「与《あずか》り知らぬと申すのか？」

「左様にござる」

重ねて問いかけられても、忠英は動じない。

「……その言《げん》に偽りなくば、御気まぐれにも程があろうぞ」

信明は力なくつぶやいた。

「町奉行は将軍家の御膝元たる江戸の護りぞ。袖の下を取ることにしか血道《ちみち》を上げぬ守銭奴《しゆせんど》に、何ができると申すのだ……」

気鋭の老中として寛政の改革に参加した信明も、今年で四十九歳。未だ男盛りと言える歳だが体調の不良を抱えており、八年前の享和《きようわ》三年（一八〇三）に一度は職を辞したものの、後を託した牧野備前守忠精《まきのびぜんのかみただきよ》に老中首座の重責は重く、復職を余儀なくされていた。

信明の体調不良は、将軍父子との不和が原因である。

天明《てんめい》の飢饉《ききん》を招いて信頼を失った幕政が定信の改革によって立ち直り、その政策を受け継いだ信明をはじめとする『寛政の遺老《いろう》』たちのおかげで保たれた現実は、家斉はもとより一橋徳川家の治済も分かっている。

信明は忠精が苦慮した異国船の問題にも果敢《かかん》に取り組み、江戸湾を含む日の本沿岸の防備を急ぐ一方、言語を含めた西洋の知識を吸収する必要性を訴え、家斉も理解を示していた。

異国船への対処は失敗が許されぬ重大事だ。三年前の文化五年（一八〇八）に交易国のオランダと敵対するエゲレス海軍のフェートン号が長崎港に侵入し、出島《でじま》の商館員を人質に取った事件は、未だ記憶に新しい。オランダ船に偽装してまで港への侵入を強行した狙いが人質と交換した物資などではなく、港を警固する長崎奉行所と九州諸藩の戦力を調べることなのは明白だった。

幕府はオランダ商館長がもたらす風説書《ふうせつがき》を通じ、日の本に迫らんとする異国の動向をおおよそ把握していた。

オロシャは開国要求の国書受け取りを拒まれて以来、松前《まつまえ》藩に上知《あげち》をさせて幕府が直轄《ちょっかつ》する蝦夷《えぞ》地《ち》の沿岸を脅かし続けている。

清《しん》王朝や李氏《りし》朝鮮《ちょうせん》との交易も、慎重を要する。江戸から対馬《つしま》に場を移して初の試みとなる朝鮮通信使の接待の実施が月明けの皐月《さつき》と決まり、信明は上使《じょうし》を仰せつかった豊前小倉藩主《ぶぜんこくらはんしゅ》の小笠原忠固《おがさわらただかた》の官位を四位に昇格させて通信使に敬意を払う一方、寺社奉行の脇坂中務大輔安董《わきさかなかつかさのたいふやすただ》と林大学頭述斎《はやしだいがくのかみじゅっさい》を副使として同行させることで万全を期していた。

若手の老中だった頃には落ち度があった信明も、齢を重ねた今は隙が無い。

しかし家斉と治済は、己が権勢が弱まることを何より嫌う。

幕府が瓦解《がかい》しては困るが、お堅い路線の政策が続くばかりでは息が詰まる。根が享楽《きょうらく》派の将軍父子にしてみれば、幕閣のお歴々が堅実派と言うべき面々のみで占められるのは避けたいことだ。

家斉が御気に入りの小姓だった忠英を御側御用取次に取り立て、同じく小姓あがりの水野出羽守忠成《ただあきら》を若年寄に、一橋徳川家の若様だった頃からの付き合いである中《なか》野播磨守《のはりまのかみ》清茂《きよしげ》を小納戸頭取としているのも、先を見越してのことである。

いずれ忠成を老中首座に据え、奥向きは忠英と清茂に仕切らせる。

後に続く若手も育ちつつあり、機が熟すのを待つのみだ。

遠からず、自分たちの時代が来る。

そう確信する忠英は目下《めした》の者に居丈高《いたけだか》に振る舞う反面、信明をはじめとする『寛政の遺老』には礼を欠いた真似をしない。

老いた獅子は追い出さずとも群れから去る。矜持《きょうじ》を持っているが故、そうせずにはいられぬのだ。

忠英自身も今や若いと言えぬ歳だが、役にも立たぬ矜持など最初から持ち合わせてはいなかった。

折しも信明は腹痛に耐えきれず、揃えた膝を崩していた。

もはや正道を睨みつけるどころではない。

「伊豆守様、御用部屋までお送りいたしましょうぞ」

「……かたじけない……雑作《ぞうさ》をかけて、相すまぬの」

「何ほどのこともござらぬ」

苦しげに息を継ぐ信明に忠英は自ら肩を貸し、御休息の間を後にした。

四

鎮衛と正道は御用部屋に信明を見舞うと、中奥から表の芙蓉の間に移動した。

町奉行は老中の諮問がなければ、下城の刻限となる前に退散しても構わない。

「されば肥前守殿、清水様の御屋敷へ案内つかまつりましょう」

「上様がおぬしのことを案内役と仰せになられたのは、御冗談ではなかったのか」

「うってつけでございましょう」

憮然《ぶぜん》と見返す鎮衛に、正道は何食わぬ態で答えた。

「それがしはご承知のとおり、かつて清水屋敷の用人を仰せつかりし身。あの御屋敷のことならば隅から隅まで存じております故、何なりとお尋ねなされ」

「……段取りの良きことだの、備後守」

「いやいや、名奉行の誉《ほま》れも高き肥前守殿の捕物には及びますまい」

「その捕物を、向後はおぬしも仕切る立場ではないか」

「餅は餅屋にござれば、与力どもに任せまする」

「早々に配下頼みをする所存か」

「八百膳《やおぜん》に祝儀の膳を手配させてありますれば、今頃は大いに飲みかつ食ろうておることでござろう」

「鼻薬《はなぐすり》の前払いか……それにしても大した羽振りだの」

「金はあくせく稼がずとも、心得次第で自ずと湧いて出るものにござるよ」

うそぶく正道は忠英に劣らず、黒い噂が絶えぬ男だ。

家督を継いだ永田家は百五十俵取りの旗本で、姉が嫁いだ先だった。

義理の兄である永田政行《まさゆき》に十八歳で婿入りし、家付き娘の従妹を娶《めと》った正道が家督を継いだのは政行が亡くなった安永《あんえい》三年（一七七四）、二十三歳の時のこと。

勘定の御役には婿入りして早々に就いており、評定所留役《とめやく》の助《すけ》から本役、勘定組頭と順調に出世を重ねる中、勘定奉行が管轄する天領における河川の改修や寺社の修築を任されている。勘定方の先輩に当たる鎮衛は勘定組頭から勘定吟味役《ぎんみやく》に転じ、不正を取り締まる側に立ったが正道は一貫して多額の公金を運用する、うまみのある御用に関わり続けた。

勘定方から清水屋敷に出向し、用人を仰せつかったのは天明《てんめい》八年（一七八八）、正道が三十七歳の時である。

清水徳川家では初代当主の重好が存命していたものの、清水屋敷に派遣された旗本たちの不正が甚《はなは》だしく、悪名高い長尾幸兵衛《ながおこうべえ》は失脚する前の田沼意次に三万両の賄賂を贈り、重好を次期将軍の座に就けようと企むほどだった。

汚職の温床《おんしょう》と言うべき場を得た守銭奴《しゅせんど》が、何もせぬはずがあるまい。

確たる証拠はないものの、正道は去る師走に勘定奉行に選ばれるまでの二十年余りの間に、かなりの額の裏金を貯め込んだと見なされていた。

芙蓉の間を後にした二人は下部屋《したべや》で長袴を脱ぎ、動きやすい半袴に改めた。

着替えは登城の供の一人で、本丸の玄関まで同行することを許された挟《はさ》み箱《ばこ》持ちの中間が持参したものだ。

玄関先で待機していた挟み箱持ちは大手御門の外まで走り、下馬札《げばふだ》の前で待つ供の一行に主君の下城を知らせる。

鎮衛と正道はそれぞれ自前の駕籠に乗り込み、清水御門に向かった。

家紋入りの駕籠に乗っていれば、番士に足止めをされることもない。

御堀に架かる橋を渡れば、清水屋敷は目の前である。

「御開門！」

開かれた表門を二組の行列が潜り、順番に駕籠を玄関の内まで乗り入れる。

先に式台に駕籠を横付けし、降り立ったのは正道だ。

「おめでとうございまする、備後守様！」

「祝着《しゅうちゃく》至極《しごく》に存じまする！」

「困ったことだのう、今日の身共はただの案内役だと申すに……」

旧知の仲であるらしい屋敷の面々の歓待を受け、正道は満更でもない様子。

続いて駕籠から降りた鎮衛は、一同が言祝《ことほ》ぐ様《さま》を半眼で見やる。

正道が北町奉行に選ばれたことが噂になるのは、まだ早い。

下城する供の一行を離れ、先触れに走った者もいなかった。

あらかじめ承知の上だったと見なすべきだろう。

北町の与力と同心のために正道が手配させたという仕出しも、事前に知らなければ注文することはできぬはず。

やはり、これは仕組まれた人事なのだ。

江戸の町奉行は南北の二人制。

亡き小田切土佐守直年は名奉行として鎮衛に次ぐ評判を得ており、江戸市中の民の信頼も篤《あつ》かった。

二人の町奉行が共に有能ならば、これほど安心できることはあるまい。

しかし、直年はもういない。

町奉行所では月番と称し、民事の訴訟である公事《くじ》の訴えを月毎《ごと》に交代で受け付ける仕組みとなっているが、新規の訴えを持ち込む者は信頼のおける奉行に月番が廻ってくるのを待ち、当てにならない奉行が当番の月は避ける。

この永田備後守正道が、直年と同様に期待を寄せられるとは考え難い。

鎮衛が知る限り、正道は勘定奉行としての働きぶりも評判が悪かった。

明らかに無能であれば、まだ周りも諦めがつくだろう。

しかし、なまじ腕が立つから質《たち》が悪い。

正道は袖の下で動く男だ。

裏金を積めば早々に腰を上げ、難しい案件も迅速《じんそく》に処理するが、通常の手続きを踏んだだけでは動きが遅い。うまみがない仕事は露骨に手を抜くからだ。

正道は若い頃から勘定方の役人として天領の河川改修や寺社の修築に携わり、役得として甘い汁を吸うことが身に染《し》みついている。

その姿勢は三つ子の魂百までの譬《たと》えに違わず、還暦《かんれき》を前にしても変わっていない。

刑事の事件のみならず、ほとんどが金銭絡みの問題である民事の訴えにも対処する町奉行としては、最悪の手合いであった。

南町の月番は残すところ五日。

正道が後任の北町奉行に決まったことが知れ渡れば、ただでさえ多い南町への公事の訴えの持ち込みが一気に増えることだろう。

五

「お待たせ申した肥前守殿。ささ、ずずいと奥まで参られい」

鎮衛の先に立ち、廊下を渡りゆく正道は上機嫌。

鷹揚《おうよう》な態度は廊下に面して設けられた、その部屋の前まで来ても変わらなかった。

「肥前守殿、あちらがお目当ての開かずの間にござる」

「……開かずの間にしては、風通しが良過ぎるの」

その部屋は畳が残らず運び出され、床板が剝き出しになっていた。

掃除も念入りにしたらしく、塵《ちり》一つ残されてはいない。

今から曲者の痕跡を求めたところで、見出すのは無理だろう。

北町奉行所の八森十蔵《じゅうぞう》と和田壮平《そうへい》は、一足違いで間《ま》に合ったのだ。

「備後守、この有様はおぬしの差し金か」

鎮衛は語気も鋭く問いかけた。

北の隠密廻同心たちが持参した藻のことは、おくびにも出しはしない。

「滅相もない。身共がこの御屋敷に参ったのは久方《ひさかた》ぶりにござるよ」

「二十年越しにしては、昵懇の者が多すぎようぞ」

「そこまで無沙汰はしており申さぬ。年に一度か二度は立ち寄り、旧交を温めており申した」

「……問うことを改めるといたそう。何なりと尋ねよとの口上、今さら違えまいな」

「念を押されるまでもござらぬよ、肥前守殿」

「されば答えよ。この部屋はどなたが使うておられたのだ」

「重好様にござる」

「清水徳川が御初代様の御部屋にしては、いかにも手狭であろう」

「無理もありますまい。御手付きと申せど、女中に与えられし部屋にござれば」

「御手付きだと？　偽りを申すでない」

がらんとした部屋の前に立つ、鎮衛の双眸《そうぼう》が険《けん》を含んだ。

のみならず、口調も険しさを増している。

「生真面目一方であらせられた御初代様だぞ。伏見宮《ふしみのみや》様より迎えられし御正室の他に側女《そばめ》でも抱えておられたと申すのかっ」

余人を憚る話でも、今は声を抑えずに済む。

屋敷内の者たちは人払いをさせるまでもなく、二人に付いてきていなかった。

「御側女ではござらぬよ、肥前守殿」

正道は鎮衛の剣幕に動じることなく、意味深《いみしん》に微笑んだ。

「博識なる貴殿ならば、長崎屋に逗留せしカピタン辺りから聞き及んだ覚えがあるでござろう。上つ方《うえかた》では洋の東西を問わず、嫁取り前に奥女中で房事《ぼうじ》のいろはを学ぶが習いであると」

「されば、閨《ねや》の学びのために……？」

「そういうことでござる」

「……畏れながら上様も、御同様であらせられたな」

鎮衛は得心した様子でつぶやいた。

武家では妻に貞節を求め、嫁ぐに際しては生娘《きむすめ》であることが前提とされるが、夫は何も知らずにいては務まらない。男女が共に無知な状態で閨を共にしても上手くいくとは限らず、家を継ぐ子をなすという当主の使命を達成するのが危うくなる。

陪臣《ばいしん》として大名に仕える藩士や、将軍家の直参でも小旗本や御家人であれば遊女を相手に時をかけて経験を積み、婚礼の間際に用意される指南書を通じて得た知識しか持ち合わせぬ新妻を教え導くこともできるだろうが大名家、それも将軍家の御一門の若様が色里通いをするのは憚られる。

子沢山で知られる家斉も例外ではない。婚約者の茂姫《しげひめ》改め近衛寔子《このえただこ》を御台所《みだいどころ》として大奥に迎えたのは、将軍職に就いて二年の後のことだった。

家斉と同い年の茂姫は薩摩《さつま》藩主の島津《しまづ》家の姫君で、次期将軍に決まると同時に婚約は破棄されるはずであったが父親の島津上総介重豪《かずさのすけしげひで》に履行《りこう》を迫られ、対応に苦慮した幕府は御台所を宮家から迎える慣例に沿うために近衛家の養女とする等、婚儀の成立に二年もの時を要した。その間に家斉は小納戸頭取の娘で大奥へ奉公に上がっていたお万《まん》の方に御手を付け、房事に熟練したのである。

大奥を擁《よう》する家斉ほどではないにせよ、諸大名の若様方も同様にしているはずだ。

重好が例外だったとは言いきれまい。

「して備後守、その御女中を重好様は何となされた」

「それを訊くのでござるか、肥前守殿」

「かりそめにも御手付きなれば無下にできぬのは当たり前ぞ。他ならぬ上様もお万の方様を未だ大事にしておられるではないか」

「それは……重好様もご同様にござり申した」

「されば、御正室を御迎えになられし後も御屋敷内で世話をしておられたのだな？」

「……左様にござる」

正道は観念したらしい。

「こちらは重好様が長きに亘り、御寵愛《ごちょうあい》なされし御女中の御部屋にござった」

「やはり、そうであったか」

鎮衛は改めて部屋の中を見渡した。

広すぎず狭すぎず、寝室を兼ねた居間として申し分のない間取りだ。

「この年で申すも何だが、初めての床の相手とは忘れ難きものでござろう。重好様は殊《こと》の外《ほか》、その想いが強うあらせられたのでござるよ」

「結構なことじゃ。御子に恵まれておられれば尚のこと、幸いだったであろうに」

「まこと、それが悔やまれ申す」

鎮衛のつぶやきを受け、正道は頷く。

これまでの人を食った態度ではない。

賄賂三昧《ざんまい》の守銭奴とは信じ難い、切なげな面持ちだった。

そんな素振りを目にした上で、鎮衛は問いかけた。

「して備後守、その御女中は今はどうしておられるのだ？」

「分かり申さぬ」

「今さら隠し立てには及ぶまいぞ」

「まことにござる。身共が御屋敷詰めを仰せつかりし時にはもう、こちらの御部屋は開かずの間となっておったのでござる」

「されば、その御女中は」

「御屋敷を出られたと、重好様付きのご家老であられた柘植《つげ》様から伺い申した。田安徳川の御血筋の越中守様が老中首座となられたからには、同じ御三卿と申せど家格の低い清水徳川を特別扱いはされぬはず。まして御正室様の他のおなごが御屋敷内にて御情けを受けておると露見いたさば、重好様も無事では済まぬと……」

「柘植殿が左様に因果を含め、御屋敷から出されたということか」

「さに非ず、御女中は自ら姿を消してしまわれたのでござる」

「進んで出奔なされたと？」

「念のため御屋敷詰めの者たちに尋ね廻り申したが、その御女中は誰からも好かれており申した。重好様は申すに及ばず、貞章院《ていしょういん》様……落飾《らくしょく》なされし御正室様との御仲も良く、何故に黙っていなくなったのかと案じておられ申した」

この清水屋敷に正道が派遣されたのは天明八年。

前の年に老中首座となった松平越中守定信が幕政改革を推し進める一方、失脚して謹慎の処分を受けた田沼主殿頭意次が幽閉《ゆうへい》の身のままで病に果てた年である。

「備後守、それから越中守様の御咎めはあったのか」

「お調べを受くるも事なきを得申した。重好様より御寵愛を賜《たまわ》りしおなごが御屋敷内に居るに相違ないと仰せられ、この御屋敷にも自らお運びになられ申したが、肝心の御女中が見つからなければ、咎めようもござらぬ故」

「その後も御女中は戻られなんだのか」

「御所在は未だ杳《よう》として分かり申さぬ」

「おぬし、調べたのか」

「左様にござる。重好様はもとより貞章院様も御気にかけておられ申した故、御用が手すきの折に諸方へ足を運んで調べ申した」

「勤勉なことだの」

「越中守様がお目を光らせておられた故、先に見つけ出して御護りせねばと……」

苦笑いを浮かべる正道は清水屋敷に用人として着任した後、屋敷詰めの武官を監督する番頭《ばんがしら》となっている。私腹を肥やすことのみに汲々としていれば、重く用いられはしなかっただろう。黒い噂の尽きぬ正道も、その頃は真面目に励んでいたのだ。

しかし寛政七年に重好が死去したため、当主が不在となった清水屋敷は領地と共に幕府が収公《しゆこう》。屋敷詰めの旗本と御家人は任を解かれた。

空き屋形と化した清水屋敷を離れた正道は、貞章院と称して亡き重好の菩提《ぼだい》を弔う身となった御正室の伏見宮貞子《ていし》付の用人として二年に亘って仕えた後、暮れに勘定奉行に登用されるまでの間は家斉の世子の家慶が暮らす江戸城の西の丸に詰め、広敷《ひろしき》用人を務めていた。

「のう、備後守」

「何でござるか、肥前守殿」

「おぬし、明くる年には還暦であったな」

「左様にござるが、それが何とされ申したか」

「生まれし年に還るを潮《しお》に、生き方を改めてはどうかの」

「はは、何かと思えば片腹痛い……」

正道は薄く笑いを浮かべた。

しみじみとした面持ちだったのが、いつもの皮肉な表情に戻っている。

「お言葉なれど、左様なことは聞く耳を持ち合わせておりませぬぞ」

「されど聞け。町奉行とは銭金だけで動くべき御役目ではないのだ」

「それは肥前守殿のご信条でござろう。押し付けられては迷惑にござる」

「向後も改めぬと申すのか、備後守」

「当節は金が物を言う世の中にござるぞ。きれいごとでは渡れますまい」

「その金に苦しめられし者たちの訴えを、取り上げるのも町方の御用だ」

「承知にござる。ほとんどは、当人同士で埒《らち》が明かぬ、金絡みの話でござろう？」

「なればこそ、裁くには慎重を要するのだ。おぬしも覚悟することだの」

「何の、むしろ幸いというものにござるよ」

「もしや、袖の下の多寡《たか》で左右しおるとほざく所存か」

「ご明察。己が正しいと信ずる者ほど、金に糸目をつけますまい」

「いい加減にせい。さもなくばおぬしの残り少なき加護《かご》は尽き、名ばかりの町奉行と成り果てた上で、その身を亡ぼすこととなろうぞ」

「脅かしても無駄でござるよ。身共は貴殿の力とやらを信じてはおりませぬ故な」

鎮衛の予言に動じることなく、正道は不敵に微笑んだ。

六

鎮衛は独り、清水屋敷の奥へと続く廊下を渡りゆく。

目指すは菊千代の部屋である。

正道は待たせていた駕籠に乗り、ひと足先に去った後。

これより先の案内は無用と、鎮衛のほうから断ったのだ。

南北の町奉行が屋敷を訪問したことは、二人して駕籠を乗り付けて早々に屋敷内の者が奥の菊千代へ注進《ちゆうしん》済みである。正道を伴わずに訪ねたところで障りはない。

菊千代の部屋は、かつて重好が用いていたのと同じ一室だった。

元服《げんぷく》前の少年が起き伏しするには広すぎる部屋の中から、何やら物音がする。

「菊千代様、御免」

鎮衛は敷居際に膝を揃え、障子越しに訪いを入れた。

「北の御番所を預かりし、根岸肥前守にございまする」

「おお、北町の奉行か」

障子越しに返ってきたのは、少年らしい元気な答え。

声を弾ませながらも、少し息切れをしているようだ。

「苦しゅうない。入れ」

「されば御無礼つかまつりまする」

鎮衛は膝を揃えたままで腰を上げ、障子を開く。

菊千代は独り、畳が敷き詰められた部屋の直中に立っていた。

稽古用と思《おぼ》しき装いである。

元々人払いをさせていたらしく、側仕えの者たちの姿は見当たらない。

「御一人にございましたか、菊千代様」

「大事な稽古の邪魔になる故な、遠慮いたせと申し付けたのだ」

息を調えて問いかけに答える菊千代の声は、はきはきとしていて屈託《くったく》がなかった。

父の家斉に外出はもとより来客との接触まで禁じられていながら、憔悴《しょうすい》した様子が見受けられないのは幸いであった。

「いま少しで稽古を終《しま》う。中に入りて、しばし待て」

鎮衛にそう告げると、菊千代は自ら畳の上に身を投げた。

慣れた様子で腕を振るい、ばんと畳を叩いて起き上がる。

「それが御稽古、にございまするか？」

「見てのとおりの受け身だよ。おじ上……松平越中守に申しつけられたのだ」

「たしかに大事なことにござるな」

鎮衛は感心した面持ちでつぶやいた。

「おじ上も左様に言うておられた。ご自身もお手すきの折には努めて取り組んでおられるそうだ」

菊千代はいま一度、慣れた様子で身を投げる。

畳を打つ音が小気味よく、西日の差す部屋に響き渡った。

「拙者も覚えがございまする。生家の父に、いささか心得がございました故」

「されば、そのほうも柔術を？」

「いささか嗜《たしな》んだだけにございまする」

「そうは言うても年の功《こう》があるだろう。受け身に磨きをかけるに良き稽古のやり方があれば教えてくれ」

「さて、何といたしまするかな……」

思わぬ所望に戸惑いながらも、鎮衛は部屋の中を見渡す。

ふと目に付いたのは、床の間に置かれた白木の棒。

「菊千代様、あれは杖《じょう》にございまするな」

「もしもの折の備えだよ。元服前の身なれば、まだ刀を持っておらぬのでな」

「されば、扱いの御心得も」

「おじ上からはまだ早いと言われてな、自己流で試すばかりだ」

「さもありましょう。むやみに振り回されると御身を傷《いた》めてしまわれますぞ」

「うむ、身に覚えはある。正しい扱いを早う覚えたいものだ」

「生兵法《なまびょうほう》は何とやらと申します故な……ちと御無礼をつかまつりまする」

残念そうにつぶやいたのを諫めると、鎮衛は床の間に躙《にじ》り寄った。

慣れた手つきで杖を取り、菊千代に向き直る。揃えた膝の右脇に横たえたのは相手に敵意がないことを示す、刀を置く時と同じ作法だ。

一旦横たえた杖を右手に提《さ》げて立ち上がり、菊千代に向かって構えを取る。

「菊千代様、その先を掴みなされませ」

鎮衛が手にした杖は斜めになり、先が下を向いている。

高さは少年の膝と同じぐらいである。

「跳びつけばいいのだな、肥前」

「急《せ》いてはなりませぬぞ」

「相分かった。参る」

告げると同時に、菊千代は前に出た。

先を摑む動きに合わせ、鎮衛は杖を振る。

菊千代はくるりと体を舞わせ、受け身を取って立ち上がった。

「いかがでございまするかな」

「良い。何やら楽しいぞ」

「それは重畳。さ、いま一度参りましょうぞ」

「よーし」

菊千代は嬉々として元の位置に戻って行った。


鎮衛が聴き取りを始めたのは、菊千代が満足するまで相手を務めた後のこと。受け身をさせるだけとはいえ中腰で杖を振るい続けたため、いささか辛い。

「そのほう、まことに大事ないのか」

「面目ございませぬ。とんだ年寄りの冷や水でござった」

「余がせがみすぎたせいだ。許せ」

「滅相もありませぬ。それよりも、その夜のことを御聞かせ願えますするかな」

気遣う少年に恐縮しつつ、鎮衛は問いかける。

「聴いてくれるのか、肥前？」

「御存分にお願いいたしまする」

「心得た。それはもう、大した腕前であったのだぞ……」

興奮しきりで語る話に耳を傾けながらも、鎮衛は笑みを誘われずにはいられない。

「ふむふむ、菊千代様におかれましては、その者がよほど御気に召されたのでございまするな」

「さもあろう。あれほどの腕利きは、めったにおるまい」

「まさに手練でございまするな。先ほどから御話を拝聴しておるだけで、鮮《あざ》やかなる手際が目に浮かんでおりまする」

「まことか、肥前？」

「まことにございまする」

鎮衛が返す言葉は、その場限りの御機嫌取りではなかった。

菊千代は、その夜の光景を思い出すことで湧き上がる興奮を独りよがりで済ませることなく、鎮衛に伝えようと言《げん》を尽くしたからである。

その話を聴き終えて、鎮衛は理解した。

名も知らぬ手練に、菊千代は本気で惚れ込んでいる。

多勢を向こうに回して一歩も退《ひ》かず、体格の差をものともせずに打ち倒した雄姿《ゆうし》に立場を超えた憧れを、未だ抱いて止まずにいるのだ。この調子で語られては、家斉が亡き者にするしかないと思い至ったのも無理はあるまい。

「よろしゅうございまするか、菊千代様」

「何だ、肥前」

「その手練がもしも化生であれば、御身のために祓わねばなりませぬぞ」

「……どうしても、か？」

「怪異と人は、なかなかに相容れ難《がた》きものにございまする故」

「そのほうに言われては、どうにもならぬな……」

菊千代は残念そうにうつむいた。

鎮衛の知る人ぞ知る、その筋における陰の評判を、耳にしたことがあるらしい。

少し迷った後に、少年は言った。

「……肥前の眼には、この世に非ざるものを見取る力が宿っておるそうだな」

「憚りながら、いささか会得しておりまする」

「その力を以て罪人を裁いておると申すのも、まことなのか」

「それだけに頼ってはなるまいと肝に銘《めい》じておりまする。配下が調べを尽くして集めし手証の吟味を重ね、当人の白状せし言葉も真の意味を思案し抜いた上でなくば裁きというものは下せませぬ。何を措《お》いても人の命がかかっておりまするので」

「あの者が化生に非ず、人にして罪なき者であるならば生かしてくれるのか」

「人であろうと度し難き輩ならば、そうは参りませぬぞ」

「その時は余の見込み違いであったと諦める故、気にせずともよい」

「心得申しました。しかるべく取り計らわせていただきまする故、御任せくだされ」

鎮衛は一礼し、晴れやかな心持ちで菊千代の部屋を後にした。

あの少年の周りは魑魅魍魎《ちみもうりよう》が近寄れない、清浄な気に満ちている。家斉と治済から離れて久しい吉宗をはじめとする、徳川ゆかりの御霊《みたま》の加護があってのことだ。

まだ日は高く、廊下に差す日の光は茜色《あかね》を帯びてはいない。

菊千代のために動くのは、今日はここまで。

数寄屋橋では、南町奉行としての御用が鎮衛を待っている。

そこで思わぬ相手に相《あい》まみえるとは、心眼《しんがん》持ちの名奉行も予期してはいなかった。

第三章　乗り込む若様

一

南町奉行所に異変が起きていた。

同じ数寄屋橋御門の内に屋敷を構える大名家は、まだ何も気付いていない。

ただならぬ様子をいち早く察したのは公事人《くじにん》——民事の訴状を提出するために足を運んだ人々だった。

「帰《けえ》れだなんてあんまりでさ。品川《しながわ》の在《ざい》から出てきたってぇのに」

「おらは板橋《いたばし》だぁ、ご門番」

「あたしゃ千住《せんじゅ》だよ。早いとこ通しておくれな」

「内藤新宿《ないとうしんじゅく》だって近くはねぇだよ。門番さん、何とかしてくんろ」

門前に群がる公事人たちは口々に、文句を並べ立てずにはいられない。

御堀に面して設けられた南町奉行所の表門は両開きの門扉《もんぴ》ばかりか、片開きの潜《くぐ》り口《ぐち》の戸までもが固く閉ざされていた。

月番の町奉行所では公事人を出入りさせるため、潜り口が終日開放される。昼夜の別なく対応をしてもらえることは町奉行の支配地でも遠方の、江戸四宿《ししゅく》の内で暮らす人々にとっては有難い配慮であった。

その潜り口の戸がどうしたことか、ぴたりと閉ざされている。

門前には六尺棒を手にした門番たちが陣取り、盛んに声を張り上げていた。

「本日の訴えはもう終《しま》いだ。帰れ帰れ！」

「日を改めて受け付ける故、出直せい!!」

門番たちの背後にそびえ立つ南町奉行所の表門は、構えの左右に建物が連なる造りの長屋門。潜った先の右手に門番所、左手には腰掛と呼ばれる待合所がある。公事人は座って順番を待つことのできる配慮が為《な》されているわけだが、門の内に通じる潜り口を通してもらえなければ話にならない。

南町奉行所にはもとより公事の訴えが多く寄せられており、南町が月番となるのを待って訴訟を起こす者もいる。

そうした訴えのほとんどは、金銭絡みの事件である。

捕らえた咎人《とがにん》を罪に問う刑事の事件と違って明確な答えが存在せず、原告と被告の双方が納得のいく判断を下すのは、過去の判例に倣《なら》うだけでは難しい。

その点、南町奉行の根岸肥前守鎮衛の裁きは信頼に値する。

勘定方の能吏としての経験が豊富な鎮衛は、人情の機微《きび》のみならず金銭の扱いにも通じている。公事においても名裁きによって、公平かつ妥当な答えを出してくれる。

江戸の町奉行は、悪党どもを御縄にすることに長《た》けているだけでは名奉行と呼ばれない。公事の訴えを的確に裁き、犯罪にも増して切実に庶民の人生を左右する、金銭絡みの事件を落着《らくちゃく》させる手腕が求められる。

前《さき》の北町奉行の小田切土佐守直年も民事訴訟に当たる公事で適切な裁きを重ね、信頼を勝ち得た名奉行だったが、去る二十日に現職のまま急死してしまった。

その後任はよりにもよって、何かと黒い噂の絶えぬ永田備後守正道。

今日になって決まったことだが早くも噂が広まり、南町奉行所に足を運んだ公事人たちも道すがら、この事実を耳にしていた。

あと幾日も経たない内に月は明け、北町が月番となる。

新任の北町奉行と決まった正道は、金を積んだ者に肩入れをする守銭奴だ。黒を白にしてしまうほど有能であるが故、尚のこと始末が悪い。

そんな輩が奉行となった北町に、好んで訴えを持ち込む者はいまい。

南町に押し寄せる公事人は、明日から更に増えることだろう。

門番から言われたとおりに日を改め、順番が廻ってこないまま月が明けてしまっては万事休すとあって、誰も退散しようとせずにいた。

「ここまで来といて出直せなんて、冗談じゃありやせんよ門番さん！　早いとこ裁きを付けていただかねぇと、あっしの店は庇《ひさし》を貸して母屋《おもや》を取られることになっちまうんでさ。あのずる賢い狐みてぇな一家の化けの皮は、南のお奉行様でなきゃ剝がせるもんじゃありやせんよっ」

「おらんとこもだ。財産狙いで後添《のちぞ》いに収まりやがった女狐《めぎつね》にいかれちまって、他の身内には一文《いちもん》も遺さねぇって言い張る色ボケ親父の目を覚《さ》ましてくださるなぁ、肥前守様しかいなさらねぇだ」

「あたしんとこもお願いしますよ！　三行半《みくだりはん》だけで済ませようとしやがって、さんざ苦労させられた分のお金を寄越さねぇ業突張《ごうつくば》りのくそ亭主を、お奉行様の名裁きで懲《こ》らしめてやってくださいまし‼」

「おいらの店《とこ》こそ根岸様でなきゃ埒が明かねぇだよ。大口たたいたくせに碌《ろく》な働きをしやがらなかった広目屋《ひろめや》が縁切りされた腹いせに、あることないこと触れ廻って評判を落とされちまってよ、客足が減った分だけ穴埋めさせにゃ気が済まねぇだ」

「やかましい！　帰れ帰れっ」

「無礼者どもめ、ここをどこだと心得おるか!!」

必死になって食い下がるのに負けじと、門番たちは声を張り上げる。

それは門の内で続く騒ぎを気取《けど》られまいとする、苦肉の策であった。

二

その青年の襟《えり》を摑もうとした瞬間、田村《たむら》譲之助《じようのすけ》は宙に舞わされた。

相手には指一本触れられていない。

攻めかかった勢いを利用され、体《たい》のいなしだけで投げられたと気付いた時には石畳に背中から落とされ、八つ下がりの晴れた空を呆然と見上げていた。

狐につままれたとは、こういうことを言うのだろうか。

「おのれ」

譲之助は痛みに耐えて声を上げ、那智黒《なちぐろ》の敷石を蹴って跳び起きた。

そのまま勢いを殺すことなく、青年を追って駆け出す。

内与力《うちよりき》見習いの譲之助は当年二十四歳。身の丈が二十歳を過ぎても伸び続け、年が明けて六尺《しゃく》（約一八〇センチ）を超えた、南町奉行所で一番の大男だ。

内与力は町奉行となった旗本が自分の家来から選んで任命する補佐役で、南北それぞれ五名とされた定員の内訳は秘書官に当たる公用人が三名と、訴状を管理する目安《めやす》方《かた》が二名。譲之助は目安方の古株である父の田村又次郎《またじろう》の下に就《つ》き、定員外の見習いとして日々の御用を手伝っている。

玄関前の騒ぎを耳にするなり駆け付けたため刀は帯びず、腰にしているのは帯前の脇差のみ。執務用に着けていた麻裃《あさがみしも》の肩衣は、すでに外《はず》してある。肩衣と対《つい》に仕立てられた半袴も生地《きじ》は麻で、稽古着の綿袴《めんばかま》より軽いので邪魔にはならない。

「ヤッ！」

気合いと共に放った蹴りが、青年に襲いかかる。

譲之助が間合いを詰めざま、仕掛けたのは柔術の一手である回し蹴り。

人並み外れた体格を活かした、譲之助の得意技である。

文字どおり六尺豊かな譲之助に対し、青年の体つきは中肉中背。

西日に輝く坊主頭は、譲之助の顎にも届いていない。

その頭を目がけて放った蹴りを、青年は背を向けたままかわした。

流れる水の如《ごと》く自然な、澱《よど》みのない体《たい》の捌きだった。

「くっ!」

譲之助は空《くう》を蹴りながらも体勢を立て直し、こちらを向いた青年と相対した。

逸《はや》る気を抑え、改めて相手の姿を観察する。

まだ二十歳を過ぎたばかりと見受けられる青年は、色の白い細面で品《ひん》が良い。

造りの大きい目鼻が猛々《たけだけ》しい印象を周囲に与え、子どもに泣かれることもしばしばの譲之助と違って、漂わせる雰囲気は穏やかそのもの。

装いは紺木綿の筒袖と細身の野袴。庶民にとっては礼装である羽織袴を常着《つねぎ》とするのは武士の特権で、略式の野袴や軽衫もみだりに着用するのは御法度であった。

青年は洗い晒《ざら》した野袴の下に角帯《かくおび》を締め、一振りの小脇差を帯びていた。

戦国の乱世が終わり、大小の二本差しが禁じられた庶民も脇差の一本差しはお構いなしだが、堅気《かたぎ》の衆が腰にするのは旅に出る時のみ、それも銭入れを兼ねた竹光《たけみつ》を用いることが多い。扱いを心得ずして持ち歩いても護身の役に立つどころか怪我の元となるばかりの上、帯びただけでも腰が引けてしまうからだ。

しかし、この青年は脇差を帯びることに慣れている。

日頃から脇差の一本差しで過ごすのは現役を退《しりぞ》いた武家の隠居と、嫡子《ちゃくし》であっても家督を継ぐには至らぬ元服前の少年だ。士分でありながら二本差しにしないのは禄を食む身に非ざるが故のことで、暮らしに行き詰まった浪人が脇差を売り払い、残した刀を一本差しにするのも、現役の武士としての権利を失った立場だからだ。

この青年は、いずれにも当てはまらなかった。

昨今は札差《ふださし》に借金を重ねた旗本が分限者《ぶげんしゃ》に大金を積まれ、当主が若かろうと家族が無理やり隠居させて家督を譲ることが珍しくないが、青年の穏やかにして邪気《じゃき》のない雰囲気は、やさぐれた若隠居とは無縁のものだ。

もとより食い詰め浪人のように無頼《ぶらい》めいてはおらず、未だ若いとはいえ元服前の身ではあるまい。

ということは剃り慣れた様子の頭が示すとおり、出家《しゅっけ》をした身なのか。

とすれば捕らえた上で、寺社奉行に引き渡さねばならない。

たとえ武家でも浪人ならば町奉行の権限で裁けるが、そうでなければ目付に任せることとなる。

いずれにしても、まずは制圧しなければ始まらない。

「うぬは何者だ。いま一度問うてやる故、名乗るがいい」

攻め込む隙を探りつつ、譲之助は青年に問いかけた。

「先程から各々方《おのおのがた》に申し上げておりますが、名前は持ち合わせておりません。住まい居るところでは、憚りながら若様と呼ばれております」

「ふざけるでない！」

譲之助は歯を剝いて吠え立てた。

たしかに高貴な感じはするものの、若様とは大きく出たものだ。

「ふざけてはおりませぬ。落ち着いてくだされ」

青年は凜《りん》とした目で譲之助を見返した。

子どもならずとも怯《おび》えるのが常である、怒りの形相《ぎょうそう》を目《ま》の当たりにしながら眉一つ動かさない。この度胸は認めてやるべきだろう。

「僧形《そうぎょう》なれど、うぬは侍であろう？」

譲之助は怒りを抑えて問いかけた。

「分かりませぬ。来《こ》し方を覚えておりませぬ故」

「記憶が無いと申すのか」

左様な症例が存在することは、譲之助も知っていた。

昨年の文月《ふみづき》二十日、浅草の馬道《うまみち》を丸裸でうろついていた若い男が、月番だった北町奉行所に保護された。

当人の口から京の都で名門の安井門跡《やすいもんぜき》に仕える、油小路《あぶらこうじ》二条上ル在住の伊藤内膳《いとうないぜん》が一子で安次郎《やすじろう》、当年二十五歳と分かったものの他の話は要領を得ず、町役人の預かりになったという。

名前さえ忘れているとなれば安次郎よりも重症だが、この青年は南町奉行所に何の目的も無しに入り込んだわけではない。

現れたのは、四半刻（約三〇分）ほど前のこと。

用向きは本日早々に深川の自身番から連行された三人の子どもたちに対する、初回の取り調べに立ち会うことだった。

町奉行所で裁かれる罪人は例外なく、最初と最後に町奉行と顔を合わせる。

最後というのは白洲《しらす》においての裁きのことで、微罪の場合も配下の与力任せにすることなく直々《じきじき》に申し渡す慣例は良く知られているが、初回の取り調べも町奉行が自ら行うのが決まりである。

青年が調べに立ち会いを望んだ子どもたちは、盗んだ米を三俵も荷車で運び去ろうとしていたところを自身番に見咎められ、三人とも番所に一晩留め置かれたのを本所深川見廻の同心が朝一番で出張って連行し、上役の与力の承認を経て奉行所内の仮牢《かりろう》に入れられた。常《つね》の如く御役目で登城した鎮衛が戻り次第、直々に取り調べられることとなっている。

こうした些末《さまつ》な取り調べを課せられるのは、ただでさえ御用繁多な町奉行にとって要らざる負担としか譲之助は思えない。

町奉行所に属する与力と同心にとって優秀な町奉行は最初は煙たい存在だが、時が経つにつれて依存が深まり、万事を任せるようになる。

鎮衛の場合もそうだった。当初は名裁きの数々によってお株を奪われた与力たちの反感を買い、配下の同心たちも集めた証言と手証を覆《くつがえ》されては腐っていたが、やがて真の下手人を見出す眼力を認めざるを得なくなり、今や最初の取り調べにおいて鎮衛が述べた所見に対し、ほとんど異を唱えなくなった。

一部の与力は未だ従わず、異なる裁きを押し通そうとする姿勢を崩さぬが大半の者は同調し、鎮衛から命じられるがままに動くようになって久しい。

南北いずれの町奉行も与力と同心の扱いに手を焼かされ、満足に従えられぬまま御役目替えとなることも珍しくないのを思えば喜ばしいと言えようが、鎮衛を町奉行である前に主君と仰ぐ譲之助は、裁きの責任を一身に負っているのが心配でならない。

それでも決まりである以上、初回の取り調べは鎮衛の御役目。

譲之助は配下である前に家臣として、できるだけ負担が軽くなるように父の又次郎と共に努めるのみだ。

そんな苦労も知らぬくせに、この青年は調べに立ち会うことを望んでいる。子どもたちと関わりがある身とはいえ、出過ぎたことと言わざるを得まい。

「係の同心から聞いておるぞ。うぬは、永代橋にて荷車が倒れた弾みで大川に落ちて溺れかけた年嵩《としかさ》の子を助けたそうだな」

譲之助は険《けん》を含んだ声で、青年に問いかけた。

「ご存じだったのですか、御役人」

気を悪くした風《ふう》もなく、青年は譲之助に問い返す。

「田村譲之助だ」

曇りのない瞳に気圧《けお》されながらも、譲之助は名乗った。

「されば譲之助さん、重ねてお尋ねいたします」

青年は邪気のない顔で問うてきた。

「こたびの一件を、貴公は不審に思われませんでしたか」

「どの辺《あた》りが不審だと申すのだ」

「私と連れの二人が助けた後、子どもたちは居合わせた人たちに直してもらった車を引いて橋の東詰めから更に先へ行き、自身番の御厄介《ごやっかい》になりました」

「左様に聞いておるが、何がおかしいのだ」

「深川は町の中こそ治安が保たれておりますが、人通りが少ないところは追い剝ぎや野盗の類が未だ跳梁《ちょうりょう》しております。ですが、あの子たちは誰にも襲われぬまま、町奉行様の御支配地の端《はし》まで辿り着いたとのこと……御用にされたとはいえ無事なのは幸いだったと申すべきではありますが、妙なことだと思われませぬか」

「それはたまたま、悪党どもの張りおる網から逃れただけであろう。子どもだからと言うて見逃すほど、甘い奴らではあるまい」

「故に解《げ》せぬのです。情けを持たぬ追い剝ぎどもが何故に、あの子たちにだけは手を出さなかったのか、それが不思議でなりませぬ」

「かかる疑念を抱いたが故、斯様な騒ぎを引き起こしおったと申すか」

「もとよりお騒がせするつもりなどございませんでしたが、どなたも貴公のように私の話を聞いてくださらず、無理無体に追い帰そうとなされましたので……」

「当たり前だ。うぬは昨年に北町で起きた事件《こと》を知らぬのか？」

溜め息交じりの答えを聞かされ、譲之助は再び青年に歯を剝いた。

譲之助が言う『事件』とは、昨年の皐月の二十二日に北町奉行所で出来《しゅったい》した、前代未聞の刃傷沙汰《にんじょうざた》のことである。

折しも月番だった北町で年貢に関する揉め事の取り調べを受けていた、上総《かずさ》の田中村在住の金右衛門《きんえもん》という四十八歳の農民が尋問中の与力から刀を、同心部屋から脇差を奪って二人を斬り殺した上、奉行の役宅の一角にある内与力の住まいに乗り込んで婦女子二人を殺害。勇を奮って組み付いた小者の老爺《ろうや》によって取り押さえられるまでの間に、子どもを含む七人に重軽傷を負わせたのだ。

かつてない不祥事を重く捉えた幕府は、御用となった金右衛門を乱心者として獄門《ごくもん》の刑に処した上で、最初に刀を奪われた与力は凶刃《きょうじん》から逃げ回って生き恥を晒した咎にて改易《かいえき》。その場に居合わせた他の与力と同心も多数が処分を受けた。

時の北町奉行だった小田切土佐守直年は世間の物笑いの種となり、名奉行としての評判が地に堕ちたばかりか、

『百姓に　与力同心　小田切られ　主も家来も　まごついたとさ』

『土佐ふしと　見えても実は　なまり節《ぶし》　百姓代に　切りきざませて』

と落首《らくしゅ》に詠《よ》まれ、晩節を汚す羽目《はめ》となったのである。

そして今、南町奉行所は北町の二の舞になろうとしている。

経緯こそ違えど奉行所に乗り込まれ、誰も手を出せぬままなのは同じこと。

譲之助は決意した。

やはり、この青年は自分が倒すより他にない。

「譲之助さん、北町の事件というのはどのような……」

「うぬがそれを尋ねおるか。盗人《ぬすっと》猛々しいとはこのことぞ！」

問おうとした青年に皆まで言わせず、譲之助は三たび歯を剝いた。

「そんな、私は何も」

「北町の事件の子細は後で知れい。寺社方か、さもなくば御目付か、しかるべき筋《すじ》にて厳しゅう調べを受ければ、忘れし過去も思い出せるであろうよ」

戸惑うのに構うことなく言い放ち、譲之助は構えを取った。

やむなく青年も構えを取り、迫る巨体と相対した。

三

石畳の上で向き合った二人を前にして、居合わせた一同は固唾《かたず》を呑んだ。

腰掛で順番待ちをしている最中に騒ぎに出くわし、奉行所の外へ逃れようにも潜り口の戸を閉ざされてしまい、慌てふためいていた公事人たちも、今や青年と譲之助の勝負に釘付けとなっていた。

「……出来るな」

怖いもの見たさで総立ちになった面々に一人、確信を込めてつぶやく者がいた。

髷を半ば白くした、年配の男だ。

身なりこそ堅実な商家のあるじといった感じだが、大小を帯びた武士さながらに腰が据わっている。もとより丸腰だが、元は士分と分かる体《たい》の造りであった。

「どっちのことです、ご隠居様？」

「どちらもだ。強いて言えば、僧形の御仁《ごじん》だな」

自分の店の奉公人らしい若い衆に答えながらも、男は二人から視線を離さない。

「私も腰に二本差していた頃は見取りをずいぶんとこなしてきたが、これほどの使い手は初めてだ……」

つぶやく男の声は、淡々とした響きながらも感心しきりであった。

ひとりごちた男の見守る先で、譲之助はしとどに汗を流していた。

体のいなしで投げられた時は一瞬のことに唖然とさせられるばかりだったが、向き合って共に拳《こぶし》を握っていると、相手の力量がよく分かる。

この青年は、強い。

奉行所内に設けられた稽古場で助教を任せられ、新入りの番方若同心を指導する身の譲之助が、脆《もろ》くも投げられたのも無理はなかった。

しかし、二度も不覚を取るわけにはいかない。

動揺を押し殺し、譲之助は先に仕掛けた。

繰り出したのは、右の拳による上段突き。

かわされた時は間《ま》を置かず、蹴りを放つことも念頭に置いた攻めである。

六尺豊かな大男の重たい拳が、唸りを上げて青年に襲いかかる。

青年は左に上体をかわしながら、両の手で守りを固めた。

開いた右手を前にかざしたのは譲之助の中段蹴りに、握った左手を目の高さに持ち上げたのは上段蹴りに対する備え。

この瞬間を譲之助は待っていた。

体のいなしで触れられることなく投げられては、こちらも為す術《すべ》がない。

しかし近間《ちかま》に立って向き合えば、青年は防御せざるを得なくなる。

その守りを力ずくで打ち破れば、こちらの勝ちだ。

守りを固めた青年に、構うことなく譲之助は迫る。

狙ったのは中段蹴り。

前にかざした右手の上から蹴りつけ、体勢を崩したところを一気に抑え込めば、後は手捕《てど》りにするのみだ。

勝利を確信した瞬間、譲之助の巨体がよろめいた。

水月――鳩尾《みぞおち》へ吸い込まれるようにして、浴びせられたのは前蹴り。

もとより青年の動きに力みはない。

初手の上段突きをかわした時と同じ、流れる水の如く緩《ゆる》やかな体のさばきは、予測のできないものだった。

「ぐ……」

譲之助は堪《たま》らず、がっくりと膝をつく。

水月から全身にじわじわ広がる衝撃に、もはや立っていることもままならない。

青年は譲之助に背を向けて、粛々《しゅくしゅく》と歩き出す。

「面目次第もありませぬ、殿……」

譲之助は呻きつつ、霞《かす》んだ目を閉ざされたままの門へと向けた。

南町奉行所の表門から玄関まで続く石畳の幅は、譲之助の身の丈とほぼ同じ六尺。

那智黒の敷石は奉行所雇いの小者《こもの》が毎日丹念に磨き上げ、両脇の地面に敷かれた玉砂利も箒で掃くことを欠かさない。

その石畳に累々《るいるい》と、青年の行く手を阻《はば》んだ者たちが倒れ伏している。

門番の小者に、番所を預かる足軽と侍。

騒ぎを聞いて駆け付けた、同心の面々。

腕の立つ廻方は折悪《おりあ》しく、隠密廻を除く全員が市中の見廻りで出払っていて姿が見当たらない。

譲之助以外の内与力は役宅に走り、鎮衛の奥方をはじめとする婦女子の護りに就いていたが、奉行所付の与力は一人として姿を見せていなかった。

この有様では、刃傷沙汰に逃げ惑った北町の連中を今後は笑えまい。

不幸中の幸いは、青年に立ち向かった者たちがことごとく気を失いながらも、怪我までは負わされていないことだった。

あれほどの手練ならば頭から落として悶絶《もんぜつ》させ、あるいは関節を極《き》めたまま投げて骨を折るのも容易《たやす》いはずだ。

だが青年は譲之助を別として、誰にも手を出してはいない。

指一本触れぬまま、向かってきた相手を体のいなしで投げただけなのだ。

「合気《あいき》の術だけでも大したものだというのに、唐渡《からわた》りの拳法をあれほどまでに使いこなすとは……手練と言うより他にあるまいよ」

　譲之助の目が届かぬ腰掛の内に立ち、男は感心を募らせていた。

「よく平気でいらっしゃいますね、ご隠居様ぁ」

　傍らの若い衆は先程から、膝の震えが止まらずにいる。

　周りの公事人たちも、目の前の信じ難い光景に怯えきっていた。

「どうしたんだい、お前さん方」

　男は不思議そうな顔をして、一同に語りかけた。

「この江戸じゃ後《のち》の世の人たちに知られたくない、身の毛もよだつような非道が罷《まか》り通っているじゃないか？　それを当たり前だと思って見ているくせに、こんなことがどうして恐ろしいのか、私にはとんと分からないね」

　解せぬ様子で首を傾《かし》げる男は、さる公事宿《くじやど》の隠居である。

　神田《かんだ》の馬喰《ばくろ》町《ちょう》に多い公事宿は文字どおり公事人に宿を提供するのみならず、訴状の作成や受理を願い出るのに関する知恵を授ける商いだ。

　江戸で暮らす人々が訴状を持ち込む先は勝手知ったる町奉行所だが、御府外《ごふがい》の天領において出来《しゅったい》した公事は江戸城の龍の口にある評定所《ひょうじょうしょ》の扱いとなり、対応も町奉行所より手厳しい。そこで役に立つのが公事宿で、不慣れな江戸に訴状を携えて出《しゅっ》府《ぷ》した公事人を逗留させ、訴訟のみならず身の回りの世話も焼く。

そのあるじは公事師と呼ばれ、取り調べに同席することは叶わぬものの町奉行所に出入りを許され、与力や同心にも顔が広い。

この武家くずれの隠居も公事宿を長く営み、今は倅《せがれ》に店を譲って町奉行所にもたまに顔を出す程度だが、裏で武陽隠士《ぶよういんし》と名乗り、江戸の悪《あ》しき側面を呪詛《じゅそ》するかの如く書き綴っていることを、周りの人々は誰も知らない。

四

腰掛が静まり返っている間も、石畳の上では必死の抵抗が続いていた。

「待ちやがれ、この野郎っ」

「これより先へは行かせぬぞ！」

二人の同心が口々に言い放ちざま、青年へ跳びかかった。

「ぐへっ」

「うわっ」

体のいなしで投げ飛ばされ、気を失った二人はまだ若い。譲之助に柔術を教わっている番方若同心の関根耕平《せきねこうへい》と梶野五郎太《かじのごろうた》だ。

譲之助が稽古をつけている面々の中で双璧《そうへき》を成す二人は試し斬りをさせても抜きん出た腕前で、死罪に処される罪人の体《からだ》に見立てた畳表を、骨の代わりに芯に巻かれた竹まで一刀《いっとう》の下《もと》に断ち斬ることができる。いずれ役目の一つとして課せられることになる首打ちの本番でも仕損じはあるまいと、御様御用《おためしごよう》首斬り役を代々務める山田《やまだ》家の五代目である朝右衛門吉睦《あさえもんよしむつ》に太鼓判を捺《お》されたほどだった。

しかし、青年の行く手を阻むには及ばない。

他の若同心も二人に負けじと出てきたものの、足がすくんでしまっていた。

「おぬしたち、下がりおれ」

その背に向けて、低く呼びかける声がした。

「わ、若様？」

「杢之丞《もくのじょう》で構わぬ。あやつも若様と呼ばれておるそうだからな」

若同心をじろりと睨んだ声の主《ぬし》は、進みゆく青年を横目に太い眉を歪める。

根岸杢之丞。鎮衛が齢を重ねた奥方のたかとの間に儲けた、根岸家の一人息子だ。

未だ部屋住みで奉行所にて執務する身ではないため、装いは裃ではなく羽織と袴。

体格は尋常だが胸板の張りが分厚く、抑えながらも父譲りの声が大きい三十男だ。

「ご役宅はよろしいのですか、若……杢之丞様」

「田村の親父殿らが付いてくれておる故、案ずるには及ばぬぞ。それよりおぬしたちは裏から抜け出し、父上に俺の口上《こうじょう》を伝えるのだ」

「お、お奉行に、でございまするか」

「譲之助と二人がかりで片を付ける。血を見るは必定なれど他に打つ手なく、申し訳なき次第であったと、あらかじめお知らせいたせ」

「む、無茶はお止めくだされ」

「かくなる上は止むを得まいぞ。名奉行たる父上の評判を保つため、この命を懸けるに悔いはない」

決意も硬くつぶやくと、杢之丞は青年の死角を衝《つ》いて走り出す。

自前の大小を帯びた上で、一振りの刀を提げていた。

「しっかりせい、譲之助」

「む……杢さんか」

年上の親友に抱き起こされ、譲之助は目を見開いた。

「まだ気を失《うしの》うてはおらなんだか。ならばいま一度立ち上がり、俺に手を貸せ」

　杢之丞は力強く告げながら、持参の刀を譲之助に手渡した。

「おぬしの差料《さしりょう》だ。まだ動けるな？」

「初太刀《しょだち》は抜けるが、二の太刀はちと難しかろうぜ」

「ならば俺が二の太刀を抜く。三の太刀から先は任せよ」

「分かったぜ。二人がかりで仕掛けようってんだな」

「関根と梶野の二の舞になっては示しがつくまい。仕掛けるからには仕損じなしだ」

「だけど杢さん、あいつは強いぜ」

「もとより承知の上だ。あれほどの奴は滅多におるまい」

「それでも斬ろうってのかい」

「町方御用は殺さず手捕りにいたすが常なれど、おぬしでも取り押さえられなんだと
あれば是非もない。父上には俺から詫びよう」

「死んじまったら詫び口上どころじゃなくなるぜ」

「易々《やすやす》と死ぬほど甘い鍛え方はしておらぬ。おぬしも左様であろう？」

「へっ、そう言われちゃ踏ん張るしかあるめぇよ」

　年の差と主従の分《ぶん》を越えて昵懇《じっこん》の友に促され、譲之助は苦笑しながら腰を上げた。

石畳を進みゆく青年は、すでに玄関を目前にしていた。

「参るぞ」

「応っ」

李之丞と譲之助は頷き合い、後を追って走り出す。

二人の足が止まったのは、青年の背中が間近に迫った時のこと。

「大原《おおはら》、何をしおるか！」

「ご覧のとおりにございまする」

玄関内の式台に独り立ち、譲之助に一喝《いっかつ》されても動じずに答えたのは、小柄ながら顔も体つきも厳《いか》めしい四十男だった。

この男の名は大原宗吾《そうご》。

三人の子どもたちを深川から連行した、本所深川見廻の同心だ。

「おぬし、正気かっ」

「もとより正気にござれば、お任せくだされ」

続いて李之丞に問われながらも平然と、宗吾は答える。

歩みを止めた青年を狙い、構えていたのは火縄銃。

玄関の正面に位置する広間に常備されている、有事のための備えであった。

南北の町奉行所には火縄銃のみならず、長槍まで備え付けられている。

まず火縄銃は玄関正面の広間と、与力の当番所にそれぞれ五十挺《ちょう》。

いずれも部屋の奥に整然と並べられ、玉薬《たまぐすり》と呼ばれる火薬も常備されている。

鉛玉《なまりだま》を携行するために用いる胴乱《どうらん》は金《きん》の葵《あおい》の御紋入りで、徳川将軍家の御貸《おかし》鉄砲であることが一目で分かるようになっていた。

「止《や》めい、大原っ」

「ははは、何を仰せになられますのか」

重ねて告げた杢之丞に、宗吾は不敵に答えた。

手にした火縄銃は、いつでも鉛玉を放てる状態となっている、
そうでなければ青年は一気に間合いを詰めて式台に跳び上がりざま、宗吾を制していただろう。

並外れた手練も、飛び道具の前では慎重にならざるを得ないらしい。

「お二方、今こそ攻め時にございまするぞ」

油断なく銃口を青年に向けたまま、宗吾は杢之丞と譲之助に呼びかけた。

「ご存じのとおり、そちらの槍の間《ま》には三間柄《さんげんえ》がずらりとござる。こやつをお手討ち

になられたくば、どうぞお手になされませ」

長槍が常備されているのは玄関の左手にある、その名も槍の間という一室だ。

年季が入った数十の長槍は二代将軍の秀忠《ひでただ》が福島正則《ふくしままさのり》から没収した闕所《けっしょ》の品で、元は広島《ひろしま》城の備えであったという。三間《げん》の長柄《ながえ》は千段巻きで槍穂は三尺。黒と朱に塗り分けられた三間柄も物々しく、長押《なげし》に並べて掛けられていた。

「馬鹿を申すな、うぬっ」

譲之助が堪らずに、宗吾に向かって怒号を浴びせた。

「おや、何をお怒りにございますのか？」

「それなる備えは将軍家の御膝元たる、お江戸の護りのためにあるものぞ。これしきのことで持ち出しおって何とするのだっ」

譲之助の言うとおりであった。

飛び道具を含めた物々しい武具は町奉行所の護りに留まらず、江戸の町を防衛するための備えだ。

大江戸八百八町と俗に言うが、実際の町の数は倍に近い。人口が百万を超え、異国にも稀《まれ》だと言われる大都会となった将軍家の御膝元において、万が一にも戦火が広がれば一大事。速《すみ》やかに出陣し、元凶を殲滅《せんめつ》しなければならない。

与力が組屋敷で馬を養うことを義務付けられ、人数を一騎、二騎と勘定されるのは合戦において騎馬武者となり、足軽として従軍する同心を率いるためだ。

斬り捨て御免の火付盗賊改に手柄を奪われがちな上、鉄砲の使用を許可された八州《はっしゅう》廻《まわ》りこと関東取締出役《かんとうとりしまりしゅつやく》まで新たに設けられ、町方役人は与力も同心も悪党どもと満足に戦えない腰抜けばかりと見なされがちだが、それは違う。

町奉行所に属する与力と同心は徳川家に仕えた武者と足軽の子孫であり、町奉行の配下として江戸市中の司法と行政を担うだけではなく、有事に際しては御城下の防衛を役目とする立場だ。

南北の町奉行所に属する同心は、それぞれ百二十名。

備え付けられた火縄銃と長槍にほぼ等しい人数なのは、もちろん偶然ではない。

元禄《げんろく》の頃に設置された中町《なかまち》奉行所は赤穂《あこう》藩の旧臣が吉良邸《きらてい》に討ち入り、本懐《ほんかい》を遂げた後の報復合戦に備えた、専任の鎮圧《ちんあつ》部隊だったという説がある。

結果として市中に戦火が広がることはなく、義士たちの切腹により事態が終息するのを待っていたかのように中町奉行所は廃止されたが、物々しい武具の備えは南北の町奉行所に健在であり、いつでも使える状態が保たれている。

その一挺を宗吾は持ち出し、青年に銃口を向けたのだ。

「お二方《ふたかた》はご存じないやもしれぬが、拙者の先祖は三河《みかわ》以来の鉄砲足軽。それも畏れながら神君家康公《しんくんいえやすこう》の御一命を御救いつかまつった、功ある身と伝え聞いており申す」

「何……」

「家康公を、だと？」

「されば安んじてお任せくだされ」

啞然とする二人に得意げな笑みを投げかけ、宗吾は玉金《たまがね》に指を掛けた。

この玉金を引けば火薬が炸裂《さくれつ》し、鉛玉が青年を目がけて放たれるのだ。

宗吾との距離は、わずかに五間（約九メートル）。

飛び道具、それも鉄砲ならば外《はず》しようのない間合いである。

しかし青年は先程から、避ける素振《そぶ》りを見せずにいた。

両の足を開いて立ち、静かに息を継ぎながら構えを取っている。

「あれはもしや、金剛《こんごう》力士の拳《けん》……」

腰掛の奥で武陽隠士がつぶやいた。

玄関先の四人にはもとより聞こえるはずもない。

「何じゃ、それは」

代わりに意味を問うたのは、裃姿の老いた武士――根岸肥前守鎮衛。

門の下を潜って早々に駕籠から降り立ち、石畳の先の玄関を見据えていた。

「唐土の拳法の一手にて、体を鋼《はがね》に変える技と聞き及んでおりまする」

「左様か。相も変わらず博識だの」

平然と答えた隠士に告げると鎮衛は一歩、前に出た。

「そこまでじゃ！　双方共に退《ひ》け――――い!!」

ずんと前に踏み込むや、腹の底から発せられたのは大音声《だいおんじょう》。

玉金から指を離した宗吾に譲之助が跳びかかり、火縄銃を取り上げる。

李之丞は構えを解《と》いた青年に詰め寄りざま、帯前から小脇差を抜き取った。

「おぬしの望みはわが父、根岸肥前守が調べに立ち会うことと申しておったな。その願いを叶えてつかわす故、差料を預かるぞ」

「お渡しするのは、それだけでよろしいのですか」

「大原が出る前に譲之助と二人して斬るつもりだったが、父上のお声に気を呑まれてしもうた。今はおぬしとやり合うどころか、赤子の手をひねるも難しいわ」

「実を申さば私もご同様です。お父君は、まことに大物であらせられますな」

無骨な顔に苦笑を浮かべた李之丞に、丸腰にされた青年は微笑み返す。

顔の造りは違えど共に若様と呼ばれるにふさわしい、邪気とは無縁の二人だった。

第四章　番外同心誕生

一

「馬鹿者どもめ、揃いも揃うてやり過ぎじゃ。双方共にさしたる傷を負わずに済んだを幸いとし、水に流すのだぞ」

南町奉行所の白洲に配下一同を集めた鎮衛は、齢を感じさせない声響《せいきょう》を込めた叱りを罰として、留守中の一件を不問に付した。

「むろん、おぬしも重々《じゅうじゅう》反省いたすのだぞ」

「はい」

若様も神妙な顔をして、鎮衛の叱りを受けている。

全員が白洲に集合した時、日はすでに大きく西の空に傾いていた。

鎮衛の配下一同が与力から小者に至るまで、今し方まで駆けずり回っていたからである。若様に向けられた銃口が火を噴かずに済んだのを見るなり腰を抜かした公事人を介抱する一方、門前で追い帰されそうになっていた者たちも迎え入れ、持参の訴状を余さず受け付けるためだった。

御用の遅れを取り戻すべく配下たちが奔走《ほんそう》する一方、鎮衛は腰掛で一部始終を目の当たりにした人々に他言無用と釘を刺した。

旧知の武陽隠士に対しては、特に念を押してある。

その上で鎮衛は替えの裃に装いを改め、白洲での裁きに臨んでいた。

「かたじけのう存じ上げまする、お奉行様」

沈む間際の強さを増した西日の下で真っ先に平伏したのは、若様の身元を請け合う立場として、白洲に同席することを許された銚子屋門左衛門。

「お礼の申し上げようもございませぬ」

父の門左衛門と共に早駕籠で駆け付けたお陽も、愛《いと》しの若様の無事を何より喜ぶ気持ちを面《おもて》に出さず、殊勝《しゆしよう》に頭を下げている。

数寄屋橋へ行くと言って独りで飛び出した若様の後を追い、駆け付けたのは銚子屋の父娘だけではない。

「さすがは名奉行の根岸肥前守様、見事なお裁きにござるな」

「市中の評判に違わぬご慧眼《けいがん》、感服《かんぷく》つかまつり申した」

口々に鎮衛を褒め称えたのは、沢井俊平と平田健作。

いつもよりましとはいえ俊平の態度は生意気なものだったが、共に部屋住みながらも歴とした将軍家の直参である二人には名ばかりの御家人でしかない同心たちはもとより、旗本に準じた立場の与力も面と向かって文句を言うのは憚られる。

そもそも若様の目的は南町の面々に危害を加えるためではなく、縁あって助けた子どもたちがお縄を受けたと聞き及び、その身を案じて訪れただけのこと。

取り調べに立ち会いたいとの要望に対する答えは鎮衛が戻るまで保留とし、仮牢内の子どもたちと面会でもさせておけばよかったものを、強いて追い帰そうとしたために騒ぎを大きくしてしまったのは、たしかに奉行所側の落ち度であった。

「ともあれ、これにて手打ちじゃ」

鎮衛が発した鶴の一声に、白洲に会した一同は揃って頭を下げる。

それは鎮衛のみならず、配下の与力と同心にとっても望ましい落着だった。

ただ独りで乗り込んだ青年こと若様に誰一人歯が立たなかったばかりか、いま少しでも鎮衛の戻りが遅ければ奉行所内での発砲という、取り返しのつかぬ事態に至っていたと思えば内々の裁き、それも説教のみで済まされたのは僥倖《ぎょうこう》と言えよう。

鎮衛が口にしたとおり、奉行所の面々から大した怪我人は出ていない。

若様に体のいなしでことごとく投げられはしたものの、同心から小者までの全員がとっさに受け身を取ることにより、大きな怪我を負うのを防いだからだ。昨年に北町で出来した刃傷沙汰を教訓として同様の事態を想定し、御用の合間を縫って柔術の訓練を重ねてきたことが活《い》きたのである。

八丁堀の亀島町《かめじまちょう》に設けられた稽古場で捕物術の腕を磨く一方、丸腰でも戦うことのできる柔術が重視され、初心の者も譲之助の指導の下で励んだ結果、受け身をはじめとする基本を一同は身に付けた。

その甲斐《かい》あって誰も怪我らしい怪我を負うに至らず、せいぜいがところ受け身の際に畳敷きの稽古場と同じ要領で石畳を打ち、手のひらが痺《しび》れる程度で済んだのだ。

かくして穏便《おんびん》に事が済まされる中、大原宗吾は鎮衛に謹慎を命じられた。白洲での裁きが終わった後、余人の目に触れぬようにして下された処分だった。

「おぬしが持ち出した鉄砲に限らず、御番所の備えは上様のものじゃ。我らは御役目を果たすため、謹《つつし》んで拝借しておるだけに過ぎぬと改めて知るがいい」

「お奉行、どうか父をお許しください」

黙して答えぬ宗吾を見かね、代わりに頭を下げたのは一人息子の大原信吾《しんご》。

番方若同心を経て本所深川見廻の見習いとなり、父の宗吾の下で精勤する信吾は顔も体つきも厳めしい父親に似ず、若くして病で亡くなった母親に似た美青年。それでいて浮いた噂一つなく、元服前から通っている昌平坂学問所の儒学の講義に、暇さえあれば出席していた。

「父が鉄砲の腕を鼻にかけ、畏れ多くも当家の先祖が神君家康公の御命を御救いつかまつったなどと常々吹聴《ふいちょう》しておったのは、私も存じておりました。したが、それは亡き祖父が耄碌《もうろく》をした末に口走った妄言《もうげん》にて根も葉もなきことにございます。同じ見廻を御役目としながらも廻方と違うて日の当たらぬ立場に、祖父も父も倦《う》み疲れた末のことなれば、何卒《なにとぞ》ご容赦《ようしゃ》くださいませ」

信吾の懇願は、父親の怒声によって阻まれた。

「この愚か者め、親の恥を暴《あば》いて楽しいのかっ」

「楽しいはずがありますか。恥ずかしいのは私です！」

「この親不孝者め、砲術の鍛錬もせずに書物ばかり読み漁《あさ》りおって!!」

耐えかねて叫ぶ信吾に、宗吾は拳を振り上げた。

その拳を止めたのは、障子を開きざま部屋に跳び込んできた杢之丞。

「いい加減にせい。倅の前で恥の上塗りがしたいのか」

厚い胸板を震わせて放つ杢之丞の声は、父親譲りの重たい響き。加えて剛力《ごうりき》の持ち主となれば、抗《あらが》うことなどできはしない。

「離してやれ」

鎮衛は杢之丞を下がらせると、改めて宗吾に向かって告げた。

「おぬしには本来なれば腹を切らせねばならぬが、さすれば儂《わし》も御役を退《しりぞ》かねばなるまい。北の奉行が評判よろしからざる永田備後守と決まったからには、おいそれと辞するわけには参らぬのだ。おぬしが町方役人として民の安寧《あんねい》を願う気持ちを多少なりとも持ち合わせておるならば、二度と愚かな真似をいたすでないぞ」

「しかと肝《きも》に銘じさせまする」

即座に叩頭《こうとう》する信吾をよそに、宗吾は厳めしい顔を歪めたままで頭を下げた。

不満を露わにされながらも鎮衛は咎めなかった。

「向後も励め。されど無理はいたすでないぞ」

真摯な面持ちでそう告げて、退出を促したのみだった。

二

大原父子が退出すると、奉行所内は静かになった。

当直の者を除く、配下の全員が帰宅したからである。

残るは別室に控えていた杢之丞と、鎮衛の家来である内与力たちのみ。

「されば父上、御白洲へお出ましを」

「うむ」

鎮衛が頷いたのを受け、譲之助が腰を上げる。

続いて杢之丞も敷居を跨《また》ぎ、夕闇に包まれた廊下を渡っていく。

若様は門左衛門らと共に、板敷きの一室で端座《たんざ》して待っていた。

「待たせてしもうて相すまぬな、若様」

「滅相もありません、杢之丞さん」

「父上のお支度が調《ととの》うた。これよりお取り調べをなさる故、付いて参れ」

「かたじけない。お約束を守っていただき、改めてお礼を申します」

「何の、約定を違《たが》えては男が廃《すた》るのでな」

折り目正しく謝意を述べる若様に、李之丞は鷹揚に笑みを返した。

李之丞に案内され、若様は鎮衛と二人きりで向き合った。

白洲を見下ろす廊下の奥に設けられた、控えの間である。

「まだ名乗り合《お》うてもおらなんだの。根岸肥前守鎮衛じゃ」

「来《こ》し方を忘却《ぼうきやく》せし身なれば、姓名の儀はご容赦の程を願いまする」

「構わぬぞ。話は倅から聞いておる故な」

「恐れ入りまする、お奉行様」

「されば、まずは調べに立ち会いを願うた存念《ぞんねん》を聞かせよ」

「私事を交《まじ》えても、よろしゅうございまするか」

「おぬしが話しやすいようにいたすがいい」

「かたじけのう存じまする」

若様は真摯《しんし》な面持ちで語り始めた。

「銚子屋殿をはじめとする皆さんから伺うたお話によりますと、私は半年前に永代橋近くの川の畔《ほとり》で結跏趺坐《けっかふざ》をしたまま、死にかけていたそうでございます」

「半年前と申さば霜月《しもつき》だの。寒空の下、それも川風の吹き寄せる中で座禅《ざぜん》を組むとは御釈迦《おしゃか》様を見習うてのことにしても、酔狂《すいきょう》が過ぎようぞ」

「何故にそうしておったのかは分かりませぬ。ただ、気付いた時には銚子屋殿のお宅にて介抱を受けており申した。あれほど綿が詰まった布団に横になったのは初めてのことでございました」

「されば、おぬしは」

「わが身を守る術と共に覚えし経《きょう》によりますと、何処かの禅寺にて育った身らしゅうございます」

「その身を守る術とは、唐渡りの拳法に相違ないかの」

「沢井さんと平田さんのお引き合わせで平山行蔵《ひらやまこうぞう》なる御仁に伺うたところ、御大師《おだいし》様が少林寺に伝えし技が受け継がれ、時を経て変遷《へんせん》を重ねた末に、日の本に伝来したのではないかとの由《よし》にございました」

「その伝来せし先が、おぬしが育った寺ということか」

「しかとは覚えておりませぬが、師は唐土の御坊《ごぼう》であったかと」

「タイ捨流が開祖の丸目蔵人佐《まるめくらんどのすけ》に拳法の技を伝えたと申す伝林坊来慶《でんりんぼうらいけい》と同じく、海を越えて参ったのだな」

「海沿いの寺ならば、人目を忍んで辿り着くことも叶《かの》うたのでしょう」

「その海のことは覚えておるか」

「江戸前の海を見て、微《かす》かに思い出しました。別物の、げに激しき波濤《はとう》であったと」

「その波濤激しき海沿いの寺にて修行を積んだは、何故か」

「どなたかは知る由もございませぬが、私を寺に入れた大人たちの思惑あってのことに相違ありますまい……」

　と、若様は鎮衛を見返した。

「お奉行様、私があの子らのお取り調べに立ち合いを望んだは、我とわが身に重ねてのことにございまする」

「おぬしと何が重なったと申すのだ」

「大人たちの思惑により、偽《いつわ》りの生《せい》を課せられたことにございます」

「おぬしの生とは、何だ」

「しかとは分かりませぬが、今の私は本来の有様とは違う、作られたものではないかと存じまする」

「……おぬし、父御《ちちご》のことは思い出せぬか」

「いえ」

「されば、母御は」

「母かどうかは分かりませぬが、さる女人《にょにん》が夢枕に立ちまする」

「どのような夢だ」

「さる御屋敷の一室で日々嘆きつつ、私を手招いておるのです」

「…………」

しばしの沈黙の後、鎮衛は問うた。

「その屋敷とは、清水御門の内ではないか」

「お奉行……」

今度は若様が黙り込む。

「その儀は改めて話すといたそう。今は子どもらの詮議が先ぞ」

「お願い申し上げまする」

若様は鎮衛に一礼する。

図星を刺された驚きの故か、その細面は常にも増して白かった。

三

仮牢から出された子どもたちは譲之助に伴われ、三人並んで白洲に座っていた。

人払いがされた白洲には同心はもとより、小者も見当たらない。

正面に座した鎮衛に付き添うのは、譲之助と杢之丞の二人のみ。

傍らで見守る若様の後ろには俊平と健作、門左衛門とお陽の四人が控えている。

「根岸肥前守じゃ。そなたたち、問われしことに有り体《あてい》に答えよ」

「……お奉行さま」

口火を切ったのは年嵩の少年。

永代橋下で渦潮に巻き込まれ、溺れかけたところを若様によって助けられた、新太という少年である。

両脇で膝を揃えた男の子と女の子は、じっと下を向いている。

幼い二人を庇うかの如く身を乗り出し、新太は言った。

「おらは今年で十五になるだ。お米を盗んだとがで、さばいておくれ」

「ふむ、あっさりと罪を認めおったか……」

鎮衛は渋い顔で腕を組んだ。

考え込む様を、少年はじっと見返す。

白洲が静まり返る中、若様は新太の顔を見つめていた。

他の二人より上とはいえ、まだ年端《としは》もいかぬ子どもである。

相も変わらず汚れた形《なり》なのは、三人とも同じであった。

鎮衛がおもむろに口を開いた。

「……おぬしたち、自身番で無宿の身と申したそうだの」

「んだ」

「それにしては、仕込みが甘いの」

「えっ……」

思わぬことを指摘され、新太は口ごもる。

「よろしゅうございまするか、お奉行様」

口を挟んだのは門左衛門だった。

「差し許す。申せ」

「その子どもらと顔を合わせるのは初めてでございますが、若様がたから聞いていたのとはだいぶ違うようでございます」

「どういうことじゃ」

「仰せのとおり、本当の無宿にゃ見えないってことでございます」

「お奉行様、あたしからも申し上げてよろしいですか」

続いてお陽が口を挟んだ。

「あたしとお父っつあんが見付けた時の若様は、それはもう、酷《ひど》い身なりでございました。あれこそ着の身着のままで旅をして、お江戸に辿り着いたばかりの態ですよ」

「それそれ、そういうことでございますよ、お奉行様」

「うむ、言われてみればたしかにそうだな。痩せてはいても蚤《のみ》と虱《しらみ》がたかっておらぬ故、水を吐かせながら妙なことだと思うたぞ」

「まことだな。そのちびたちのざんばら髪も、切り口が揃いすぎておる」

俊平がつぶやくと、健作も思い出した様子で言い添えた。

「やはり偽りだったのですね」

若様が言うと同時に腰を上げた。

「お奉行、ご無礼をつかまつりまする」

鎮衛に向かって断りを入れ、白洲に降り立つ。

すでに新太の顔は青ざめ、幼い二人はうつむいたまま泣きそうになっていた。

その傍らに、若様は膝をつく。

「そなたたち、もう偽らずともいいのですよ」

「ほんとに？」

女の子がしゃくりあげながら顔を上げた。

「おしばいをしなくってもいいのかい？」

男の子が怯えながらも問うてくる。

若様は黙って頷き、幼い二人の頭を撫でた。

その上で、渦潮から助けた少年に向き直る。

「教えてくださ い。そなたたちに偽りを強いた、大人たちから言われたことを」

いつも穏やかな声が、明らかに怒気《どき》を帯びている。

もちろん、目の前で涙ぐむ新太に向けたものではない。

年端もいかぬ子どもたちに米盗人を装わせたばかりか、高い橋の上から川に落ちるという、下手《へた》をすれば命に関わる真似まで無理強いした黒幕に対し、たぎるばかりの怒りを抱いていた。

四

その頃、大原宗吾は早々に謹慎を破ろうとしていた。

「何処へ参られるのですか、父上っ」

「やかましい。うぬは紙魚《しみ》の如く書物にかじりついておれ！」

止める信吾を足蹴にし、駆け付けた先は豪壮《ごうそう》な旗本屋敷。

三千石といえば旗本の中でも大身《たいしん》だが、その屋敷は更に格が高い。

将軍の威光の下で老中とさえ対等に口を利《き》くことさえ許された、御側御用取次の林出羽守忠英の邸宅であるが故だった。


「妙な若造が肥前守を？　どういうことじゃ」

「包み隠さず申し上げまする。お聞きくだされ、出羽守様」

奥に通された宗吾はすがるような目で、忠英に今日の顛末《てんまつ》を明かした。

「……つまりは、その若様なる坊主の入れ知恵により、がきどもの裁きが覆《くつがえ》されるやもしれぬということか」

「さ、左様にございまする」

「これはそのほうの不手際が招きしことだのう、大原」

忠英は脇息《きょうそく》に寄りかかり、冷たい眼差しで宗吾を見やる。

「何故に辺り構わず撃ち放ち、若様とやらを仕留めなんだのだ？　たとえ仕損じたにせよ配下の同心が御府内御法度の発砲沙汰に及び、よりにもよって御番所備えの鉄砲を使《つこ》うたとなれば、肥前めの首を飛ばすに足る口実となったであろうに」

「そ、それはその」

「その安い命が惜しゅうなったのか？　三十俵二人扶持《ににんぶち》の木《こ》っ端《ぱ》役人め」

「そ、それがしのせいで、倅に累《るい》が及んではと」

「ふん、鉄砲方に推挙《すいきょ》いたさば何でもすると言うた口で甘いことをぬかしおる」

冷や汗しとどの宗吾を一笑に付すと、忠英は床の間に視線を向けた。

「大原、あれなる錦《にしき》の袋を持って参れ」

「は、ははっ」

宗吾は戸惑いながらも膝行し、刀架《とうか》の下に横たえられた細長い袋を捧げ持つ。

忠英は錦袋の口紐《くちひも》を解き、妙な形の銃を取り出した。

銃身はそれと分かるが、銃床《じゅうしょう》に当たる部分が徳利《とっくり》のような形状をしている。

何にも増して妙なのは、火縄がどこにも見当たらぬことだった。

「これはまことに鉄砲……なのでございまするか？」

「鉄砲ではないが、鉛玉は飛ばせるぞ」

「されど、火縄がありませぬ」

「さもあろう。これは風の銃だからの」

「風の……銃？」

「エゲレスの言葉でウインド何たらと申すそうじゃ。気砲《きほう》とも呼ぶらしいがの、窮理《きゅうり》に基づいて造られし、火薬要らずの銃とのことぞ」

訳が分からぬながらも興味を抱き始めた宗吾に、忠英は滔々《とうとう》と講釈をした。

「この棒を徳利が如きところの口に当て、繰り返し圧することで風を溜めた後はそのほうが得物の種子島と同じこと……遠間《とおま》より杉板を撃ち抜く力がある」

「まことにございまするか」

「かつて御上にオランダから献上されしものの話だ。それは試し撃ちにて具合を悪うしたまま御宝物蔵に仕舞われておるそうだが、これなるは時を経た後に造られしものなれば上を行く出来に相違あるまい。ほれ、とくと見るがいい」

「恐れ入りまする。ほう……これはこれは……」

宗吾は目を輝かせ、手渡された未知の一挺にたちまち見入る。

その様を見下ろし、忠英はささやいた。

「大原、その銃を使うて若様とやらを亡き者にせい」

「出羽守様？」

「町奉行の首は二つ揃うて挿《す》げ替えてこそ、身共もやりやすうなるのだ。土佐守めに引き続き、肥前守にも早々に消えてもらわねばならぬ。なればこそ米盗人を装わせしがきどもを御用にさせ、裁きが下りし後に、その米は自分が与えたものだと名乗り出させる芝居を打たせたのじゃ」

「……そこで名乗り出られる役が、南のお奉行の座を望みしお方でございましたな」

「左様。肥前守が後釜じゃ」

「話の分かるお方であれば、喜ばしい限りにございまする」

「したが、その芝居も邪魔が入っては幕が上がるまい。肥前守がどれほど甘い裁きを下そうと、見込み違いで罪なき子らをお縄にしおったということだけで、あやつが築きし名声も地に落ちるはずであったと申すに、せっかくの筋書きが台無しぞ。なればこそ、邪魔者には消えてもらわねばならぬ」

「心得ました、出羽守様」

「がきどもに肩入れをしたがる手合いならば、若様とやらはもうひと働きすることであろう。子ども相手に口を割らせただけでは、無実の証しにはならぬからの」

「されば、あやつが動いた折を狙《ねろ》うて……」

「手を貸しておる者どもは構うには及ばぬぞ。部屋住みの悪たれどもは言うに及ばず銚子屋とて所詮《しょせん》は商人《あきんど》。潰す理由など幾らでもでっち上げられるわ」

酷薄な笑みを浮かべて、忠英はうそぶいた。

五

今日も夕暮れ時の深川に、荷車を引く子どもたちが姿を見せた。

年嵩の少年が引く荷車には、米俵が三つ。

後押しをするのは少年の弟と妹と思しき、幼い男の子と女の子。

いずれも無宿人じみた、汚れた身なりである。

梅雨入り前の晴れ空が見る間に暗くなり、辺りは闇に包まれた。

されど子どもたちは恐れることなく進みゆく。

行く手を阻《はば》まれたのは、町外れに入って間もなくのことだった。

「へっへっ。鴨葱《かもねぎ》と思ったら、米俵を車に積んだがきがお出でなすった」

「三俵たぁ、ちびにゃ過ぎた重さだろうぜ。とっとと軽くしてやろうぜ」

「こいつぁ頂戴しちまっても構わねぇんだよな、兄い？」

「当たり前だろ。お金《あし》を積まれて見逃せって頼まれたのは、こないだ南町に引っ張られてったがきどもだけだい」

逢魔《おうま》が時になったのを幸いに現れたのは四人連れの追い剝ぎだった。元手いらずで稼いだ悪銭を丁半博打《ちょうはんばくち》に注ぎ込み、無一文になれば同じことを繰り返す手合いだ。

「おう坊ず、怪我ぁしたくなかったら車ごと置いて行っちまいな」

「嫌なら好きにするがよかろうぜ。まとめて売り飛ばしてやっからよぉ」

四方から取り囲み、追い剝ぎどもが荷車に迫る。

「へっ、やれるもんならやってみやがれ！」

威勢のいい啖呵《たんか》と共に、荷車を引いていた少年が跳び上がった。

荷台の米俵を蹴っ飛ばし、機敏に車の後ろに降り立つ。

後押しをしていた幼子たちは手を取り合い、いち早く駆け出していた。

「あっ、このやろ」

「待ちやがれ、ちびどもがっ」

「あっかんべーー！」

「ばーか、ばーか」

後を追った二人の追い剝ぎを小馬鹿にしながら逃げ回る、幼子たちの足は速い。

「へん、ごろんぼなんぞにつかまるもんかい！」

続いて駆け去る少年も、大した韋駄天ぶりだった。

「ちっ、すばしっこいがきどもだぜ」

「まぁいいやな。とっとと運んじまおうぜ」

残る二人の追い剝ぎは気を取り直し、米俵に手を掛けた。

「何でぇ、やけに軽いぞ……」

「嵩《かさ》はあるのに、どういうこったい」

「そりゃそうだろ。搗米屋《つきごめや》からただでもらった、籾殻《もみがら》しか入《へえ》っちゃいねぇからな」

戸惑う二人に向かって伝法《でんぽう》に告げたのは俊平。

「あの子らは両国広小路《りょうごくひろこうじ》で人気の軽業師《かるわざし》だ。うぬらの手に負えるはずがあるまい」

去った子どもらと入れ替わり、後を追う二人の前に立ちはだかったのは健作だ。

「て、てめぇらは割下水の！」

「ほう、俺たちの顔を知ってたかい」

「覚えてくれても嬉しゅうない限りだな」

「まったくだ。とっととふん捕まえようかい」

「承知」

相手が悪いと気付いた追い剝ぎどもに、俊平と健作はじりじり迫る。

追い込まれた四人の背後に、音もなく近付く影一つ。

「う！」

「わっ」

「ひっ」

「ぐえ」

口々に悲鳴を上げながら、追い剝ぎどもは気を失う。

「悪党でも大事な証人です。手荒な真似はよしましょう」

四人が崩れ落ちると、陰になっていた若様の坊主頭が灯火を受けて輝いた。

囮《おとり》の荷車を追い剝ぎどもが襲う現場を押さえるため、俊平も健作も提灯《ちょうちん》など持って来ていない。伏兵《ふくへい》が明かりをかざし、こちらを狙っているのだ。

「伏せてっ」

若様は言い放つと同時に足元を蹴り、前に向かって駆け出す。

敢《あ》えて一直線に走ったのは、次の狙撃を誘うため。

狙い撃たれるのを恐れることなく突き進む若様はもとより徒手空拳。

駆けながら両の手で切った印《いん》は、唐土の拳法で気を高めるためのもの。

己《おの》が体を鋼《はがね》に変えんとする気合いが闘志を高め、体の捌きを向上させるのだ。

「そこだ！」

若様は告げると同時に跳びかかり、茂みに潜んだ宗吾を締め上げた。

六

「お奉行、どうか腹を切らせてくだされい」

追い剝ぎどもと一緒に南町奉行所へ連行された宗吾は、鎮衛に向かって懇願した。

「相ならぬ」

すべてを明かした上で頼み込んでも、鎮衛は首を縦には振らなかった。

「分からぬか。おぬしが自裁《じさい》いたさば、わしも責を問われて御役御免。それこそ出羽守の思う壺だぞ」

「されば、出羽守様は使い捨てるご所存でそれがしを……」

「人を人とも思わぬ計算高さがなくして、出世など早々に叶うものではあるまいぞ」

「……それがしが愚かにございました」

「得心したか、大原」

鎮衛に問われて頷く宗吾の顔に、もはや毒気は見出せない。

「その様子ならば、わしも心置きのう推挙ができるの」

「どなたのことでございまするか、お奉行」

「決まっておろう。おぬしじゃよ」

「それがしを？」

「同心の役目に昌平坂学問所詰めがあることは存じておろう。松平越中守様を通じて林大学頭様に話をつけておいた故、月が明けて早々に出仕いたせ。引っ越しも早《はよ》うに済ませて、八丁堀の組屋敷を空《から》にすることを忘れるでないぞ」

「……よろしいのでございまするか、お奉行」

「おぬしに向いておるとは思わぬが、信吾には良き務めであろう。御用かたがた存分に学ぶことができようぞ」

「されば、あやつに家督を譲りし後のことまで……」

「この世に修めて無駄になるものはない。学問はもとより、武芸も役立つ折はある」

「お奉行」

「大事にいたせよ。倅のみならず、おぬし自身もな」

「しかと肝に銘じまする……」

宗吾が男泣きする様を、鎮衛は穏やかな面持ちで見つめていた。

大原父子に新たな役職と住まいを与えたのは、情け故のことだけではなかった。

天下の御側御用取次の林出羽守忠英が、町奉行の首を挿げ替えんとしているのだ。

北町奉行だった小田切土佐守直年の死因も、これでは疑わざるを得まい。

後任が永田備後守正道となった人事も、忠英の差し金ならば頷ける。

相手は三千石の大身にして、将軍の御気に入り。

表立って敵対することはできかねるが、それは相手も同じである。

鎮衛の失脚を狙い、こたびのように裏から汚い手を回して仕掛けてくることが今後も考えられる。

ならば町奉行として戦おう。

十三年をかけて築いた南町奉行としての評判と足場を更に強固なものとして、付け入る隙を与えぬのだ。

そのために大原家を町方同心の職から外し、空席としたのである。

空けた席は、埋めねばならない。

しかし、生半可《なまはんか》な者ではだめだ。

(謹んで御力を拝借させていただきまするぞ、若様……)

胸の内でつぶやく鎮衛はすでに、あの青年の素性を承知していた。

背後で護《まも》るは九代将軍の家重と、十代将軍の家治。

若様にとっては祖父と伯父に当たる、歴代将軍の御霊である。

そしていま一つの御霊は、当の本人と瓜二つ。

若様の父御は清水徳川家の初代当主、徳川重好。

そして母御は菊千代を新たな当主に迎えた清水屋敷から未だ離れぬ、開かずの間の女人に相違なかった。

第五章　十俵半人扶持

一

一夜が明けて、卯月《うづき》の二十七日。

ゆるゆると茜色に染まり始めた西の空に、細い月が見て取れる。

南町奉行所の役宅では譲之助が庭に立ち、黙々と素振りに打ち込んでいた。

いつも柔術の稽古の際に着用している木綿の筒袖と裾が短めの下穿きを纏《まと》い、朝露に濡れた庭の土を踏むのは素足。六尺豊かな体を支える、大きな足だ。

繰り返し振るっているのは竹刀でも木刀でもない。振り棒と呼ばれる、太い角棒に鉄の芯を仕込んだ鍛錬専用の打物《うちもの》である。

「田村」

老いても張りの失せぬ声で呼びかけられるや、振り棒がぴたりと止まった。

「お早うございまする、殿」

譲之助はその場で跪《ひざまず》き、歩み寄って来る主君を迎えた。

「うむ。おぬしも早《はよ》うから精が出るの」

「滅相もありませぬ。殿こそ今朝はまた一段と、覇気《はき》が横溢《おういつ》しておられるようにお見受けいたしまする」

「ほう、分かるか」

「御身《おんみ》から発せられる気迫、お声がけいただくより先に伝わり申した」

感心した面持ちの鎮衛に、譲之助は生真面目に答える。しとどに湧き出る汗が剃りたての月代《さかやき》を伝って流れ、目の中に入っても瞬き一つせずにいた。

「ご用向きは何でございまするか。謹んで承りまする」

譲之助が折り目正しく問いかけた。

「ご苦労だが使いを頼む。昨夜召し捕られし追い剝ぎどもを件《くだん》の子どもらと共に登城の前に取り調べる故、係の者に至急出仕せよと申し伝えよ。火急の用向きなれば礼は省いて構わぬ。そのままの形《なり》にて参るがよい」

命じる鎮衛は熨斗目《のしめ》の着流し姿。

起床して早々に寝間着を脱ぎ、裃の下に着用する装束に袖を通していた。

「心得ました。されば急ぎ参りまする」

「頼むぞ」

「お任せくだされ」

譲之助は一礼すると腰を上げた。

鎮衛に立礼《りつれい》をして踵を返し、振り棒を肩に担いで歩き出す。

命じられた内容が異例なことなのは、もとより譲之助は承知の上だ。

南北の町奉行所では昼夜の別なく公事の訴状を受け付けるが、取り調べまで時間を問わず開廷するわけではない。一刻も早い解決を望む公事人たちは呼べば何時《いつ》でも足を運んでくるだろうが、事件の内容の如何を問わず、決まった頭数の役人を白洲に同席させる町奉行所側の対応が追いつかないからだ。

月番と関わりなく対処する刑事の事件も同様で、奉行による初回の取り調べを経て吟味方の与力が受け持つ二回目以降の尋問も、黎明《れいめい》や払暁《ふつぎょう》に行うことは稀だった。

しかし、米盗人の嫌疑をかけられた子どもたちの一件は急を要する。

鎮衛を失脚させ、南町奉行の座を奪わんとする陰謀が絡んでいるからだ。

事の次第を奉行所内で知る者は、鎮衛の他には李之丞と譲之助のみ。

みだりに真相を明かせぬ以上、これから呼び出しをかける役人たちには通常の取り調べと言うより他にない。

町奉行所付の与力と同心にしてみれば、不可解な限りだろう。

本所と深川の治安が悪いのは今に始まったことではなく、追い剝ぎも日常茶飯事と言っては語弊《ごへい》があろうが、事件が発生する数も内容の悪質さも、日本橋を中心とした江戸城下とは比べ物になるまい。

南町の名奉行と評判を取って久しい鎮衛が、それを知らぬはずがない。

捕らえた以上は速やかに裁く必要があるとはいえ、お縄になった翌日早々に火急と称し、役人たちを呼び出すのは無理がある。出仕の定刻より早いどころか夜も明けぬ内から集合をかけられては、誰もいい顔をするはずがなかった。

町奉行の家来として町方の御用に携わる内与力は、ただでさえ奉行所内では反感を買いがちな立場である。何かと目立つ譲之助は口さがない同心たちのみならず、吟味方をはじめとする与力からも煙たがられていた。

町境の木戸が開く前に押しかけ、有無を言わせず呼び出しをかけて廻れば、更に敬遠されるのが目に見えている。

だが、そんな些事《さじ》はどうでもいい。

譲之助にとって鎮衛は、南町奉行である前に無二の主君。その立場を危《あや》うくせんとする企《たくら》みは、命を懸けても未然に防がねばならない。

未だ暗い空の下、譲之助は速やかに歩みを進める。

内与力の住まいは、町奉行の役宅に付設された長屋である。

長屋と言っても町人が暮らす一間《ひとま》きりの裏店《うらだな》とは違って部屋数が多く、妻子持ちも不自由はしない。母親を早くに亡くし、男やもめの父親と長らく二人暮らしの譲之助にとっては広すぎるほどであった。

譲之助が寝起きをするのは表の障子戸の脇の三畳間。夜具しか置いていない、寝に戻るだけの部屋であった。

布団は起床して早々に畳み、部屋の片隅に寄せておいた。

譲之助は縁側に面した障子を開き、そっと振り棒を畳の上に横たえた。

父の又次郎は奥の六畳で熟睡中。

物静かな父らしからぬ大いびきは、疲れが溜まっている証左であった。

昨夜も仕事を持ち帰り、譲之助が床に就いた後も机に向かっていたはずだ。

目安方の内与力は町奉行の前で訴状を読み上げるのも役目の一つであるが、鎮衛が登城前に取り調べる件は関わりがない。寝かせておいても差支えはなかった。

二

鎮衛は寝所《しんじょ》を兼ねた自室に戻り、速やかに朝餉を済ませることにした。

「お待たせいたしました、殿様」

膳を運んできたのは、老妻のたかである。

献立は湯漬けに香の物。

満腹になって集中力を欠くのを防ぐため、日頃から食事は量を控えている。茶は目覚ましの一服《いっぷく》のみに留《とど》め、食後は白湯《さゆ》しか口にしないのが常だった。

「殿様、今朝は常にも増して覇気がございますね」

碗に注いだ白湯を供しつつ、たかが笑顔で告げてきた。

「おや、そなたにも分かるか」

「他の方からも同じことを？」

「田村の倅だよ。わしが声をかけるより早く、にじみ出ておる気迫とやらに勘付いたそうだ」

「さすがは譲之助さん、如何にも武芸の達者らしい物言いですこと」

「さもあろうが、面映《おもは》ゆいことを言いおるわ」

「殺気を垂れ流しておると言われたわけでなし、よろしいではございませんか」

「まことだの。それにしても、そなたはよう気付いたな」

「当たり前でございましょう。お側に参って長《なご》うございますもの」

「そなたには長きに亘り、苦労をかけてばかりだのう」

「ほほほ、何を仰せになられますやら」

糟糠《そうこう》の妻は娶《めと》った頃から変わらぬ、柔和な顔で微笑んだ。

たかは根岸家の娘ではなく、鎮衛と共に夫婦で養子となった身の上だ。

今は亡き根岸家の先代当主の衛規《もりのり》は、鎮衛の実の父親である安生定洪《さだひろ》と同じ百五十俵取りの旗本で、共に勘定方を務めていた。

ところが衛規は跡を継ぐ子を得られぬまま、宝暦《ほうれき》八年（一七五八）に三十の若さで危篤《きとく》に陥《おちい》り、定洪は根岸家の断絶を防ぐべく三男の鎮衛を臨終前の末期養子にすると同時に、旗本として格上の桑原《くわはら》家に縁談を持ちかけ、たかを衛規の養女に迎えた上で鎮衛と添わせたのである。

定洪が根岸家のために奔走したのは、同じ勘定方の役人としての繋がりがあってのことだけではなく、鎮衛の先行きを案じたが故だった。

「そなた、とんでもない男《の》に嫁いだと思うたであろう？」

「はて、何のことでしょうか」

「彫物《これ》じゃよ、これ」

　鎮衛は熨斗目の上から左の肩にそっと触れ、苦笑いをして見せた。

「近頃は遠山左衛門《とうやまさえもんのじょう》 尉殿の倅の金四郎《きんしろう》が屋敷に寄り付かず、仮にも五百石の跡取りが放蕩無頼《ほうとうぶらい》を重ねた末に彫物《すみ》まで入れるとは何たることかと噂になっておるが、まさか同じ五百石取り、それも南の町奉行が同じ穴の貉《むじな》とは誰も思うまい」

「さもありましょう。五十年余りも前のことでございますもの」

「金四郎は今年で十九だそうじゃ。わしもその頃は悪たれの盛りであったのう」

「悪たれと申さば、昨夜の捕物を手伝うてくださったお二人は割下水の界隈で左様に呼ばれておるそうですね」

「昔のわしと比ぶれば可愛いものじゃよ。念のために調べさせたが、派手に喧嘩はしおっても、人の道に外れた所業には手を染めておらぬわ」

「それは殿様も同じでございましょ？」

「いやいや、左様に思うてくれるは幸いなれど、墓の下まで持って参らねばならぬ話も多いのでな」

「悪ぶらずともよろしゅうございますよ。委細《いさい》はもとより承知にございます故」

「……お調べになられたのは伊予守《いよのかみ》様、か」

「はい。旗本の風上にも置けぬ手合いであれば、嫁がせられぬと申されまして」

思わず真顔になった鎮衛に、たかは柔和な笑顔で告げた。

鎮衛が勘定吟味方に抜擢されたのと同じ安永五年（一七七六）に勘定奉行となった桑原伊予守盛員《もりかず》は、たかの親族で出世頭。

身内の娘が二十歳を過ぎたばかりの若輩《じゃくはい》に嫁ぐことを快諾《かいだく》したのみならず、後家《ごけ》となった衛規の奥方への多額の持参金まで快く融通してくれた盛員に、無頼の暮らしを知られていたとは思いもよらなかった鎮衛である。

「父上が持ち込みし縁談の返事に日数を要したは、そのためか」

「その節はお気を揉《も》ませてしもうて相すみませぬ」

「ははは、今となっては笑い話にするしかあるまい。愚息《ぐそく》を正しゅう教え導けなんだ不徳の至りと、父上も草葉の陰で苦笑いしておられようぞ」

鷹揚に答える鎮衛の目には、亡き父の破顔一笑《はがんいっしょう》する姿が視《み》えていた。

在りし日の定洪は勘定方で代官《だいかん》まで勤め上げ、後に家督を継いだ長兄の直之《なおゆき》も父親に劣らず優秀な人材であった。

三男の鎮衛も凡庸《ぼんよう》だったわけではないが、幼くして亡くなった姿のまま根岸家に留《とど》まる次兄をはじめ現世《げんせ》に非ざるものが視えるのを不思議なこととは思わず、目につくたびに口に出していたために周りから気味悪がられたのが、屋敷を飛び出すきっかけとなった。

鎮衛も後に知ったことだが定洪は親族の一同から釘を刺され、直之の身に万が一のことがあっても決して家を継がせるなと約束をさせられていたという。そんな負い目があったが故、根岸家との養子縁組に力を入れたのだろう。

結果として公私共に満ち足りた日々を過ごしてきた鎮衛は、亡き父と兄たちはもとより親族にも恨みなど抱いていない。

望まずして己が身に備わった力を持て余し、無頼の暮らしに逃げ込んだのも、今となっては懐かしい思い出だった。

「そういえば、そろそろ伊予守様の回忌《かいき》であったな」
「はい。実家《さと》からも話がございました」
「行年《ぎょうねん》七十九か。わしも残すところ四年だの」
「されば十七回忌には間に合いましょう」
「次は二十三回忌だな……ううむ、さすがにちと厳しかろうぞ」

「左様なことはございますまい。殿はご壮健《そうけん》であらせられます故」

「ふっ、老いぼれを褒めたところで何も出ぬぞ」

「ご安心なされませ。私もおねだりをする年ではありませぬ」

悪戯《いたずら》っぽく微笑むたかは鎮衛より年下ながら、周りからは同い年の夫婦と見なされがちである。

四十《しじゅう》を過ぎて一人息子の杢之丞を懐妊し、難産の末に母子揃って生き延びたのは幸いな限りであったが、たかはそれから急に老け込んだ。杢之丞が幼かった頃には母親と見なされず、祖母と間違われることがしばしばであった。

「……たか」

鎮衛は感情のこみ上げるがままに、口を開いた。

「何となされましたか、改まったお顔をなさって」

「そなた、わしより先に参るでないぞ」

「まぁ、何を仰せになられるのかと思うたら、言わずもがなのお話で……日頃より心がけております故、ご心配には及びませぬよ」

「念のために申しておくが、前を歩くなという意味ではないぞ」

「もちろん分かっておりまする。町奉行にまでご出世あそばされながらお召し替えにさえ私の他には女手を借りなさらず、お側女《そばめ》も抱えずじまいでいらしたお方を置いては参れませぬもの」

真摯な面持ちで問う鎮衛に、たかは微笑みを絶やすことなく答えた。

糟糠《そうこう》の妻に言われたとおり、鎮衛は日頃から側近くで女中を召し使わない。今朝の着替えを独りで済ませたのは、たかが女中たちを起こさずに朝餉の支度をしていたが故だった。

武家の当主の責務とされる、子作りについても同じであった。

たかが難産を経て房事に耐えられぬ身となった後、周りから側室を置くように幾ら勧められても受け付けず、李之丞の他に子を儲けようとはしなかった。

現役の武士に欠かせぬ習慣である日髪日剃《ひがみひぞり》も、鎮衛はたかに一任していた。

夫婦養子として根岸の家督を継いだばかりの頃は暮らし向きに余裕がなく、髪結いの手間賃さえ惜しまれたが故のことだったが、小旗本ならではの習慣は出世を重ねた後も変わっていない。たかの剃刀捌きも初めは危なっかしいものだったが、今や玄人《くろうと》はだしである。

「されば殿様、お髪《ぐし》の手入れをいたしましょう」

たかは笑顔で腰を上げた。

夫が余さず平らげた朝餉の膳を脇にして、敷居際で三つ指をつく。

「すぐに戻って参ります故、しばしお待ちくださいましね」

「うむ」

鎮衛は言葉少なに頷きながらも、愛妻の笑顔に釣られて笑みを浮かべていた。

三

「父上、ご無礼をつかまつり申す」

杢之丞が障子越しに訪いを入れてきたのは鎮衛の白髪頭が結い上がり、月代と髭を剃り終えた時だった。

「お取り調べに同席させよとの仰せにより、子どもらを連れ参り申した」

「ご苦労。入れ」

「御免」

慇懃な答えに続き、障子が開く。

敷居際に膝を揃えた杢之丞の後ろに子どもが三人、神妙な顔を並べていた。

昨日の内に仮牢から出され、役宅で保護されていたのである。

「入りなさい」

李之丞に促され、子どもたちはおずおずと敷居を越えた。

「さ、どうぞ」

たかは笑顔で脇に退き、三人を鎮衛と向き合わせた。

荷車を引いていた、年嵩の少年の名は新太。

幼い二人は新太の実の弟と妹で、男の子は太郎吉《たろきち》、女の子はおみよ。

鎮衛は身を乗り出し、子どもたちと目の高さを合わせた。

たかが髷を結うのに用いた鬢付け油は、倹約も兼ねて控え目だ。独特の香りも鼻を衝くほどではなく、三人に顔を顰《しか》められることはなかった。

「そなたたち、昨夜はよう眠れたかの？」

鎮衛の問いかけに、子どもたちは無言で頷いた。

未だ緊張してはいるものの、昨日までとは違って血色が良い。食事と睡眠を十分に与えられ、心身共に回復したのだ。

「ご心配には及びますまい。母上のお心づくしが効いております故」

無骨《ぶこつ》な顔を綻《ほころ》ばせる李之丞は子どもたちから身の上話を訊き出し、昨夜の内に鎮衛に報告してある。

三人は流行《はや》り風邪で両親を亡くした、寄《よ》る辺《べ》のない立場であった。

町奉行所では身寄りがいなくなった子どもを町役人《ちょうやくにん》に託し、引き取り手が見つかるまでの世話を任せているが、兄と離れ離れになるのを太郎吉とおみよが嫌がり、里親を探すのに難儀していた町役人は、折よく名乗り出たのが人買いとは見抜けずに三人を引き渡してしまったという。

恐らく町役人は相手を人買いと察していながら、厄介払いをしたのだろう。胡乱《うろん》な雰囲気を感じ取った新太が幼い二人を連れ出し、事なきを得たのは不幸中の幸いだったが、もしも信用して付いていけば町奉行の支配地から離れたところで売り飛ばされ、二度と江戸には戻って来られなかったに違いない。

無我夢中で魔の手から逃れはしたものの、子どもたちは路頭に迷った。

文字どおりの意味である。

道に迷い、どこにいるのか分からなくなったのだ。

新太らに限らず、江戸の子どもは生まれた町しか知らずに育つ。遊ぶ場所も手習い塾も同じ町の中で用が済むので遠出をする必要がなく、せいぜいがところ自分の足で行き来ができる隣町辺りが関《せき》の山だ。

未だ幼い太郎吉とおみよは言うに及ばず、実は十二になったばかりの新太も両国橋とは目と鼻の先の神田薬研堀《やげんぼり》で生まれた身ながら大川を越えたことがなく、路頭に迷ったところに声をかけてきた旗本の指図で永代橋を渡ったのが初めてだった。

大川に落ちたのも、その旗本の指示だったという。

わざと人目を惹き、来合わせた者たちに印象付けることによって、その後の企みをより確実なものとするためであった。

「新太、体は大事ないかの？」

鎮衛が少年に向かって問いかけた。

「は、はい」

緊張しながら新太は答える。

「人の命は一つしかないものじゃ。左様な無茶を二度といたしては相ならぬぞ」

「……ごめんなさい、お奉行さま」

「分かっておるのならば良い。その命、弟と妹のためにも大事にいたせ」

反省しきりの少年に、太郎吉とおみよが黙って寄り添う。

兄が自分たちのために危険な真似をしたことを、幼いなりに申し訳なく思っているのだろう。

たかは無言で顔を背《そむ》け、誘われた涙を拭いていた。

「よろしゅうござるか、父上」

李之丞が鎮衛に向かって呼びかけた。

「何じゃ」

子どもたちを見守っていた鎮衛が、李之丞に向き直る。

「この子らを使嗾《しそう》せし外道《げどう》の探索を、それがしにも手伝わせてくだされ」

「李之丞、おぬし……」

「大原に御役目替えをさせて浮いた三十俵二人扶持《ににんぶち》を以《もっ》て、若様をお雇いになられるとのご存念に異を唱えるつもりはあり申さぬ。あの者ならば必ずや、父上のご期待に違《たが》うことなき働きを示してくれることでござろう。されど、何もせずに見ておるだけでは収まらぬのでござる」

「念を押すまでもなきことだが、おぬしは根岸家が跡取りなのだぞ」

「もとより無茶をする気はあり申さぬ。父上が仰せのとおり、人の命は一つしかなきものにござる故な」

「されば、どうあっても動きたいのか」

「お願い申す」

無骨な顔に決意を漲らせ、李之丞は父に向かって頭を下げた。

「殿様、この子の思うとおりにさせてやってくださいまし」

口を閉ざしたままの鎮衛に、たかが横から口を挟んだ。

「……杢之丞はそなたが腹を痛めて産んだ、ただ一人の子ぞ。もしものことがあらば何とするのだ」

「腹を痛めた身なればこそ、申し上げるのでございまする」

鎮衛の問いかけに、糟糠の妻は臆《おく》することなく答えた。

いつも笑みを絶やさぬ顔を引き締めて、真摯に言葉を紡いでいた。

「これは南の御番所のみならず、根岸家にとっての一大事。当家を危うくせんとする企みを打ち破るのに跡取り息子が力を尽くすは当然のことでございましょう。殿様が町奉行を御役御免になられるだけで済まされず、根岸の家名まで断絶されてしもうては元も子もありますまい」

「………………」

「お奉行さま」

見かねた様子で、新太が口を開いた。

無言で見返す鎮衛に気圧されながらも、続けて言った。

「悪いやつをつかまえるの、おいらにも手伝わせておくれよ」

「そなたにも、だと？」

「連れて行かれたのがどこの町なのかは分からないけど、やしきを見ればきっと思い出せるよ。お旗本が住んでるところに、あちこち行かせておくれよ」

「無茶を申すでない。命を大事にせよと言うて聞かせたばかりであろうが」

「だったら、若殿さまといっしょならいいだろ？」

と、新太は頭を下げたままの杢之丞を見やった。

「む……」

「おいらもあんちゃんについてくよ」

「あたちも！」

太郎吉とおみよも口々に申し立てた。

「いいだろ、お奉行さま」

新太は重ねて鎮衛に願い出た。

「悪いやつがおあしを持ってて、りっぱなやしきに住んでるなんておかしいよ。そのおあしだって、きっと悪いことをしてかせいだんだ。そういうやつをつかまえるのがお奉行さまのおやくめなんだろう？」

子どもの目にも御大身で金回りが良いのが明らかだったという、その旗本こそ鎮衛を失脚させ、南町奉行の座を奪わんと企む張本人だ。

あらかじめ用意させておいた三俵の米を荷車に積んで新太らに運ばせ、盗人の疑いをかけられて召し捕られるように仕向けたのである。

この企みに宗吾とは別に手を貸したのが、これから鎮衛の取り調べを受けることになる追い剝ぎどもだ。

金を摑まされた追い剝ぎどもは、わざと新太らの荷車を見逃した上で先回りをして米盗人らしい子どもたちが荷車を引いていると自身番に注進し、拘束された頃合いを見計らって宗吾が番所を訪れた。

町境《まちざかい》に火の見櫓《やぐら》と共に番所を設置し、町内の若い衆が交替で務める自身番は正規の役人ではないため咎人を捕らえても縄を打つのは許されず、町奉行所から同心が来るまで番所に留め置くだけである。

新太らも連行されたのは翌日になってからだが、宗吾は見廻りの途中と装って前夜の内に顔を出し、この事件は南町奉行所が扱うと自身番に申し渡す役割を演じた。北町奉行所の本所深川見廻に子どもたちを連れて行かれ、企みが水泡《すいほう》に帰すことにならないように先手を打ったのだ。

自身番は謀《はか》られていると気付かぬまま、翌日に改めて足を運んできた宗吾に新太らを引き渡した。宗吾が前夜の内に連行しなかったのは夜陰に乗じて逃げられぬためと偽り、同じ本所深川見廻の与力と同心たちに余計な疑いを抱かせぬためであった。

もしも若様が南町奉行所に乗り込んで来なければ、宗吾も動揺して尻尾を出すまでには至らず、悪しき企みは成功していたことだろう。

改心した宗吾が鎮衛に明かした話によると、黒幕の旗本の狙いは南町奉行所に連行された新太らが取り調べを受けた後に名乗り出、その米は哀れな子らに恵んだものに相違なく、盗まれた覚えはないと主張して、鎮衛を御役御免に追い込むこと。

御側御用取次の林出羽守忠英が黒幕の後ろ盾となっている以上、たとえ裁きの結果が軽くても、鎮衛は追い込まれるのを避けられなかったに違いない。

町奉行所に召し捕られた者は奉行から初回の取り調べを受けた後、牢屋敷の通称で知られる小伝馬町《こでんまちょう》の囚獄《しゅうごく》に身柄を送られる。

もしも一昨日の取り調べが正式に行われ、早々に罪を認めたのを鎮衛が真《ま》に受けていれば、新太は牢屋敷送りにされていたのだ。

三つも年を上に偽った新太は、数え十五になれば大人と同様に裁かれ、死罪となる場合もあることを承知していたという。

しかし鎮衛は咎人を死罪に処するのをできるだけ避け、改悛《かいしゅん》の情《じょう》がある者は軽い刑で済むように取り計らうのが常である。

その優しさに付け込んだ企みに利用されることに、新太は子どもなりに罪悪感を抱いていた。上手くいけば弟と妹と一緒に暮らせるように取り計らってやると持ちかけられ、そうすることが可能なだけの財力があると見込んで話に乗りはしたものの悪事を手伝う後ろめたさに、ずっと苛《さいな》まれていたのである。

「父上、この子らのことはそれがしが引き受けまする」

杢之丞がおもむろに面を上げ、黙ったままの鎮衛に向かって告げた。

「本日のお取り調べで追い剝ぎどもが口を割らば、この子らは晴れて無罪放免。市中の往来も勝手でございましょう?」

「……左様だの」

「ここは敵の落ち度を衝くのが肝要《かんよう》と存じまする。子どもならば御《ぎょ》しやすいと侮《あなど》りて人目を避けるに己が屋敷へ招じ入れたは愚《ぐ》の骨頂《こっちょう》。新太が申したように御大身の屋敷が多い武家地を歩いて廻らば、自ずと見つけ出せまするぞ」

「……その役目、あの者に任せてはならぬと申すのか」

「若様のことでございまするか」

「相手が誰であれ、面《めん》が割れておらぬからの」

「顔を知られておらぬのは、部屋住みのそれがしも同じにござる」

「む……」

即座に切り返され、鎮衛は言葉に詰まった。

根岸家の跡取り息子は、未だ独り身である。

新太らのような子どもがいてもおかしくない年でありながら、妻を娶ることもなく部屋住みのままでいるのは、父親が隠居をせずにいるからだ。

鎮衛が喜寿《きじゅ》を目前としながらも杢之丞に家督《かとく》を譲らず、根岸家の当主のままでいるのは南町奉行の御役目を続けるようにと、老中首座の松平伊豆守信明から慰留《いりゅう》されていることだけが理由ではない。

この身が動く限りは、現役であり続けたい。

男の矜持と言うべきことだが、鎮衛は根岸家の養子となり、家督を継いだ当初から御役目を全うすることに極めて貪欲であった。

鎮衛の貪欲さは父親譲りだ。

亡き父の安生定洪は勘定方でも労が多く得るところの少ない、代官という御役目に精勤し続けた人物である。鎮衛が勘定方の役人となって早々から代官の職に就くことを望んだのも、父親の影響を受けてのことだ。

その貪欲さを、杢之丞も受け継いでいたらしい。

「父上が若様にお目を付けられ、お使い立てなさるのに異を唱えるつもりはもとよりございませぬ。したがあの者は来し方を忘れた身にして、江戸の町にも不慣れなのでございましょう？　類い稀なる手練であることはそれがしも認めており申すが、使いどころを見誤ってはなりますまいぞ」

「…………」

「お任せくだされ、父上」

杢之丞はずいと鎮衛に身を寄せた。

母のたかが命を削《けず》って産んでくれた根岸家の跡取りは、父親の貪欲さと母親の情の濃さを受け継いでいる。

体格こそ尋常だが腕っ節が強く、居合《いあい》と共に学んだ柔術《じゅうじゅつ》は譲之助にも引けを取らぬほど強い。それでいて周囲への気配りを怠らず、無骨ではあるが粗野《そや》ではない。

「この子の望むとおりにさせてあげてくださいまし、殿様」

頃や良しと見て、たかが再び助け舟を出してくる。

「……相分かった。好きにいたせ」

しばしの間を置き、鎮衛は杢之丞に答えた。

「かたじけのう存じまする、父上」

「任せるからには、手抜かりは許さぬぞ」

「もとより承知にございまする」

「されば追い剝ぎどもの取り調べが済むまで、その子らから目を離すでない。探索に出向くのはそれからじゃ」

　意気込む杢之丞に釘を刺し、鎮衛は腰を上げた。

　肩衣と対になった袴は、裾を踏んで歩く仕立ての長袴。町奉行の正装にして白洲に臨む際にも用いる装束だ。

　慣れた動きで長袴の裾を捌いて廊下を渡り、役宅から奉行所へと歩みを進める。

　町奉行の登城の刻限は朝四つ（午前十時）。

　もとより取り調べを長引かせ、遅参するつもりはなかった。

四

「た、ただいま参りましたっ」

　大わらわで出仕した中年の吟味方与力を、鎮衛は白洲と繫がる控えの間で迎えた。

「お奉行、そのお姿は」

「田村に申し伝えさせたとおりぞ。これより取り調べを執り行う」

「ご出仕前に、でございまするか?」

「左様。さもなくば、おぬしらをわざわざ集めさせはせぬ」

「されど、吟味には時を要しまする」

「速やかに埒を明ける故、大事ない」

「お奉行……」

準備万端を整えた鎮衛を前にして、与力は困惑を隠せずにいた。

出仕用の裃は大慌てで纏ったらしく、肩衣も半袴も皺が目立つ。

町方与力には出仕する前に湯屋へ立ち寄り、八丁堀の七不思議『女湯の刀掛け』に差料を預けて朝湯を堪能できるという特権がある。いつもであれば湯に浸かるどころか目を覚ましてもいない時間に使いを寄越され、すぐ取り調べを行うので出仕せよと命じられては困惑するのも無理はないが、これでは困る。

旧知の武陽隠士から以前に言われた言葉が、ふと鎮衛の頭を掠めた。

隠士曰く、武士が町人から軽んじられるようになった理由は二つあるという。

一つに武芸の修行を怠り、刀取る身の強さを失ったこと。

二つに、民の上に立つにふさわしからざる振る舞いを憚らぬこと。

いずれも泰平の世に生まれ育ったが故、自ずと至った有様だ。

それが常識と思い込み、何の疑問も抱かずにいれば、習い性となるのも当たり前。

将軍家の直参である旗本と御家人も、例外ではない。

かつて老中首座だった松平定信は幕政改革の中で文武両道と士風矯正《しふうきょうせい》を唱え、武士の惰弱《だじゃく》と退廃《たいはい》を改める必要性を世の武士たち、とりわけ旗本に強く説いた。定信自身が鍛錬と克己《こっき》を実践し、手本となる労も厭《いと》わなかった。

しかし、後を託された面々は万全とは言い難い。

目の上の瘤《こぶ》だった定信を遠ざけ、好き放題にしている家斉と治済の将軍父子を抑えきれないのみならず、その威を借りた御側御用取次の林出羽守忠英にも、老中首座の松平伊豆守信明をはじめとする幕閣のお歴々は押され気味。

何とか踏みとどまってはいるものの、このままでは危うい。

鎮衛が御役御免にされるわけにはいかないのだ。

「兵は拙速《せっそく》を重んじると申すであろう。吟味も同じぞ」

鎮衛は寝ぼけ眼《まなこ》の与力を叱ることなく、穏やかな口調で告げた。

町奉行は白洲に臨んで咎人を取り調べる際には多すぎるほど、複数名の配下を同席させるのが決まりとなっている。

縄を打たれたまま白洲の玉砂利《たまじゃり》に正座させられ、尋問を受ける咎人の両斜め前には蹲《つくば》い同心と呼ばれる警備役が二名、暴れ出した場合に備えて目を光らせる。

縛った縄尻《なわじり》は町奉行所雇いの下男《しもおとこ》が持ち、咎人の左斜め後ろで待機する。

玉砂利を見下ろす座敷の縁側近くには二名の見習い与力が座り、蹲い同心と同様に両斜め前から咎人の監視にあたる。

右斜め前の見習い与力の後方には書役《かきやく》同心と例繰方《れいくりかた》与力がそれぞれ一名、机を前にして筆を執り、取り調べの記録を取る。

そして左斜め前には一名の吟味方与力が座り、奉行の補佐役を務めると同時に二回目以降に執り行われる取り調べの責任者として咎人の様子を観察する。

烏合《うごう》の衆《しゅう》とまでは言うまいが、頭数を揃える必要がなければ呼び出しはしない。

左様に見なされていることに、当の与力は気付いていないようであった。

「お言葉なれど吟味は相手あってのことなれば、そう都合よくは参りませぬ。お奉行に申し上ぐるは釈迦《しゃか》に説法《せっぽう》でございましょうが、下手に急がば吟味違いを招くことになりかねませぬぞ」

言葉を交わす内に目が覚めてきたらしく、与力は賢《さか》しらげなことを言い出した。

「黙りおれ」

鎮衛はじろりと与力を見返した。

「おぬしらには無駄に時を費《つい》やしおった挙句《あげく》の果てに、咎無き者を死罪と判じた覚えが一度ならずあるだろうが」

「そ、それは……」

「わしに異を唱えるなとまでは申すまい。したが、吟味が相手あってのことだと本気で思うておるならば、つまらぬ意地で裁きを左右いたすな」

たちまち顔色を失う与力に、鎮衛は続けて命じた。

「おぬしが参って顔ぶれは揃うた。速やかに皆の者を持ち場に就かせよ」

「ははっ」

泡を食って与力は駆け出した。

与力の余計な懸念《けねん》は、杞憂《きゆう》に終わった。

「そのほうらが敢えて襲わずに見逃したは、この子らに相違あるまいな」

「へい、お奉行様の仰せのとおりにごぜえやす」

鎮衛に眼光鋭く念を押され、追い剝ぎどもの兄貴分は白状した。

弟分の三人も顔色を失い、がっくりとうなだれている。

奉行所内の仮牢とはいえ、留め置かれれば平静を保つことは難しい。

手練の一撃で昏倒《こんとう》させられ、気付いた時には牢の中だったとあれば尚のことだ。

白洲に同席した新太らには杢之丞が付き添い、万が一の場合に備えていた。

こちらの懸念も杞憂に終わり、追い剝ぎどもは神妙に引っ立てられていく。

身柄を送られる先は、小伝馬町の牢屋敷だ。

最後の裁きが下り、重ねた悪事の報いを受ける時まで過ごさねばならない牢の中は古株《ふるかぶ》の囚人たちが仕切っており、新参者は痛めつけられることとなる。

神妙に白状するに及んだため、死罪に処されることはない。

その代わり、早々に罪を認めた軟弱者としていたぶられるのだ。

「おぬしも下手《へた》をいたさば同じ目に遭っていたのだぞ。牢名主どもは子どもとて容赦はせぬ故な」

「ほんとにひどいやつだ。お返しをしてやらないと、気がすまないよ」

杢之丞にささやかれ、新太は力強く頷く。

幼い弟と妹を想う一念を利用して自分を悪事の駒《こま》に仕立て上げた、人を人と思わぬ悪旗本に対する怒りを新たにしていた。

五

日は西の空に傾いていた。

昼下がりの深川佐賀町は、今日も活気に満ちている。

銚子屋では若様が算盤を弾き、帳簿《ちょうぼ》づけに勤しんでいた。

店の帳場ではなく、あるじの門左衛門が暮らす奥向きの一室だ。

門左衛門はお陽と一緒に午前から出かけていたが、帳場は番頭が預かっているので商いに障りはない。

若様の算盤は門左衛門に教えられ、いちから覚えたことである。

若様の記憶は大半が失われ、未だ自分の名前さえ思い出せずにいるものの、新たに習い覚えたことは忘れない。

半年前の霜月の末に大川端で座禅を組んだまま、冷たい川風が容赦《ようしゃ》なく吹き付ける中で凍えて死にかけ、門左衛門とお陽に助けられた時は歩くこともままならずにいたのが早々に回復し、月が明けて幾日も経たない内に店の人足衆に交じり、重たい荷を軽々と持ち上げるまでになっていた。

やがて力仕事ばかりではなく細かい作業もこなせると分かり、最初は警戒していた銚子屋の番頭と手代も、若様を頼るようになって久しい。

しかし今朝の若様は、目の前の仕事に集中できていなかった。

縁側で言葉を交わしている、俊平と健作が気になってのことだった。

「あのお奉行のことだ。ちびどもが無罪放免されるのは間違いあるめぇが……」

「問題はその後ぞ。身寄りがなくば再び町役人に預けられ、里親に引き取られることと相成《あいな》るだろうな」

「不憫《ふびん》なこったが、俺たちに出る幕はあるめぇよ……」

時を告げる鐘の音が、午後の晴れ空の下に鳴り響く。

注意を引く二度の捨て鐘に続き、撞《つ》かれた音の数は八つ。

常の如く江戸城に出仕した鎮衛が下城し、数寄屋橋に戻る時分であった。


廊下を渡る足音が聞こえてきたのは、若様が帳簿づけを終えた時だった。

「御免」

閉じた障子の向こうから訪いを入れる、声の主は譲之助。

「どうぞお入りくだされ」

すぐに気付いた若様は敷居際に躙り寄り、障子を開いた。

「殿……お奉行がお呼びだ。おぬしたちも一緒に来てくれ」

「俺たちも、か？」

譲之助の思わぬ言葉に、俊平が驚いた声を上げる。

「用向きを伺おうか」

慌てることなく、譲之助に問うたのは健作だ。

「それがしの口からは申しかねることだ。お奉行が直々にお話しくださる故、数寄屋橋まで同道してもらおうか」

答える譲之助は複雑な面持ち。

使いの役目を果たしながらも、忸怩《じくじ》たる想いを抱えているかのようだった。

南町奉行所を訪れた三人は、奥の役宅に通された。

「来てくれたか。皆、昨夜は大儀であったの」

「お奉行こそご登城前にお取り調べとは、お疲れにございましょう」

労をねぎらう鎮衛に、若様は笑顔で答えた。

両脇に膝を揃えた俊平と健作も、安堵《あんど》した面持ちである。子どもたちが無罪放免となったことは顔を合わせて早々に、鎮衛が明かしてくれていた。

「追い剝ぎどもが早々に一切合切《いっさいがっさい》を白状するに及んだ故な、大事ない」

「さすがは南の名奉行、まこと評判に違わぬお手並みでございまする」

鎮衛の話を聞いて安堵したのは、若様も同じである。

それだけに、続く言葉には驚きを隠せなかった。

「おぬし、わしの下《もと》で働いてはくれぬか」

「私が、ですか?」

「おぬしたちにも手伝うてもらいたい。どうじゃ」

鎮衛は続いて俊平と健作にも視線を向けた。

「お奉行の下で、ってことは……」

「根岸家に仕官せよとの仰せでござるか」

予期せぬ話を持ちかけられて、二人も動揺を露わにしていた。

「さに非《あら》ず。同心の役目を任せたいのだ」

「お奉行、そいつぁ俺たちに失礼ってもんですぜ」

俊平が伝法な口調で食ってかかった。

「そのとおりにござる。我らは御家人なれど、歴とした将軍家の直参。町方の御用を貶《おとし》めるつもりはござらぬが、そのようなお話は埒外《らちがい》と存じまするぞ」

　健作も言葉こそ折り目正しいが、端整な顔に憤《いきどお》りを滲ませている。

「左様《さよう》に目くじらを立てるでない。おぬしたちに頼みたいのは番外《ばんがい》の働きじゃ」

「番外、にございまするか」

　若様が不思議そうに問いかけた。

「おぬしは存ぜぬだろうが、町方の与力と同心は南北共に一番組から五番組となりて御用を務めておる。そのいずれにも属しはせぬ故、番外と申したのじゃ」

　そこまで前置きをした上で、鎮衛は昨夜からの顚末《てんまつ》を明かした。

「お奉行は大原って同心を昌平黌《しょうへいこう》詰めに御役目替えにしてやって、三十俵二人扶持と組屋敷を浮かせたってことですかい？」

「左様。おぬしたちの働きに報いるためにの」

「三十俵二人扶持を三人で分けて、南町の助《すけ》っ人《と》を……」

「有《あ》り体《てい》に申せば、そういうことだの」

「されば、我らに岡《おか》っ引《ぴ》きの真似をせよと申されるのか」

「その程度の働きをさせるつもりならば、三十俵二人扶持も用意はいたさぬ」

　口々に問う俊平と健作に答える、鎮衛の態度は落ち着いたものだった。

「つまりは番外同心ってことですかい」

「合戦《かっせん》ならば手薄なところに臨機応変に加勢する、遊撃隊のようなものだな……」

「そのとおりじゃ」

健作のつぶやきを受け、鎮衛が言った。

「おぬしら両名は存じておろうが、町方の御用は番方と役方に分かれておる。廻方は番方の花形なれど、手が足りずに難儀をすることも多い」

「たしか定　廻《じょうまわり》と臨時廻が六人ずつで、隠密廻が二人にござるな」

「左様。ただし南の隠密廻は共に寄る年波で足腰が弱りて、碌に動けぬ」

「それでよろしいんですかい。ただ飯食いじゃねぇですか」

「良くはないが無下《むげ》にもできまい。町方は与力も同心も直参と申せど一代限りということになっておる故、無役《むやく》であっても父祖代々の家禄だけは給されるというわけには参らぬのだ」

「跡継ぎは居らぬのでござるか？」

「いずれも倅に早死にされて、孫は居《お》るが未だ幼いのでな」

「跡は継がせらねぇが、食い扶持は要《い》るってことですかい……」

「たしかに無下にはできませぬな」

俊平と健作は押し黙った。

年貢米を唯一の収入源とする武家の俸禄《ほうろく》は直参も陪臣も、現物給与の玄米《げんまい》だ。

この禄米《ろくまい》と共に支給される扶持米は個々に養う家来のための食い扶持で、一人《いちにん》扶持は一日あたり五合となる。

「どうする、若様」

俊平が若様に問いかけた。

「お奉行の座を狙ってる野郎が居るって聞いたからにゃ捨て置けねぇが、お前さんは銚子屋の世話になってる身だ。部屋住みの俺たちと違って勝手はできねぇだろ」

「しかと思案することだぞ」

健作も気遣うように告げてくる。

「お陽殿は申すに及ばず、銚子屋のあるじもおぬしに惚れ込んでおる故な」

「そうだぜ。俺が言うのも何だが、こっちはこっちで無下にゃできねぇこった」

「もとより恩を仇《あだ》で返すつもりはありませんよ」

「だったら断るのかい？　俺としちゃ、銚子屋から離れてくれたほうが有難いっちゃ有難いんだがなぁ」

「これ、いい加減に諦めろ」

思わず本音を漏らした俊平を、健作は窘める。

若様は二人をよそに、鎮衛に向き直った。

「お奉行、私がお願いしたことはお調べくださいましたか」

「うむ。その話もあって、おぬしを呼んだのだ」

「私が何者なのか、知る術《すべ》があるということですね？」

「左様。すべてを明らかにするには時もかかろうがの」

「さればお奉行、その時が参るまでということでよろしいですか」

「それで構わぬ故、番外同心として働いてほしいのだ」

「心得ました。喜んでお世話になりまする」

それは俊平と健作の知らぬところで、若様が鎮衛に頼んだことだった。

己が何者なのかを突き止めるために、手を借りたい。

そう願い出た若様に、鎮衛は力を貸すと約束したのである。

鎮衛は南町奉行としてのみならず、長きに亘って書き続けてきた『耳嚢』を通じて多くの人脈を持っている。

その手蔓《てづる》を以《もっ》てすれば、望む答えを探し当てることもできるはず。

若様は左様に見込んで、鎮衛を頼ったのだ。

「さて、おぬしたちは何といいたす」

　鎮衛は俊平と健作に問いかけた。

「若様がやるってんなら是非もあるめぇ。俺もお付き合いしやすぜ、お奉行」

「右に同じにござれば、お世話になり申す」

「三十俵二人扶持、ですか……三人で分けると、半人扶持が私の手元に余りますね」

　口々に申し出る二人を横目に、若様がつぶやく。

「待たれよ、若様」

「おや、貴方様は」

「その扶持米について話をさせてもらいたいのだ」

　若様のつぶやきを受け、部屋に入ってきたのは次の間で控えていた杢之丞。

　続いて顔を見せたのは、門左衛門とお陽だった。

「お出かけだったのではありませんか、銚子屋殿」

「その出先がこちらだったのですよ。若様には内緒で参れと、お奉行様からのお言伝がございまして……」

「黙っていてごめんなさいね、若様」

　戸惑う若様に詫びた上で、二人は下座《しもざ》に着いた。

「これはそれがしのみならず、子どもらも望んでの話にござる」

李之丞は鎮衛の隣に座り、改めて要望を述べた。

「成《な》る程《ほど》な、ちびでも食い扶持は自分で稼げってことですかい」

「子どもなれば半人扶持、日に二合五勺《しゃく》もあれば足りるというご思案か」

「左様」

話を飲み込んだ俊平と健作に答えると、李之丞は若様に視線を向けた。

「おぬし、そのように取り計ろうても構わぬか？」

「もとより異はありません。よきお考えをなされましたね」

快諾《かいだく》した若様に、続いて門左衛門が問いかけた。

「では若様、手前どもは大まけにおまけして、二人で半人扶持を頂戴するということにさせてくださいまし」

「それだけで、手伝うていただいてもよろしいのですか？」

「はい。私も商人《あきんど》ですので、幾ら若様のためと申されてもただ働きをすることはできかねますがね」

「抜かりはないわよ若様。掛《か》かりがあればその都度お支払いくださるって、お奉行様がお約束してくれたから」

「まことですか、お奉行？」

「うむ、それだけの値打ちがあると判じたのでな」

若様に念を押され、鎮衛は苦笑交じりにそう答えた。

第六章　甲府《こうふ》帰りの男

一

それは鎮衛が追い剝ぎどもの取り調べを登城前に終え、遅参することなく出仕した江戸城中でのことだった。

「よろしゅうござるか、中務大輔《なかつかさのたいふ》殿」

「何となされた、肥前守殿」

「折り入ってお尋ねしたき儀がござれば、しばしお付き合い願いたい」

「心得申した。貴公はもう、下城なさるのでござるか」

「左様にござる。本日は御用が速やかに済み申した故」

「それは重畳。されば芝口《しばぐち》の当家までご同道なされよ」

「お邪魔いたしても構いませぬのか」

「大事ござらぬ。ご存じのとおり対馬《つしま》へ参る支度で慌ただしゅうしておる故、お構いはでき申さぬが、それでもよろしければ参られい」

「かたじけない。お言葉に甘え申す」

笑顔で謝する鎮衛は老中の下問《かもん》に答え、決裁を受けた書類を携えていた。

下城の定刻にはまだ早いが、御用繁多な町奉行は城中での用事が済めば早上がりをすることが認められている。

「されば参ろうぞ、肥前守殿」

快活な笑みと共に鎮衛を促したのは端整な顔立ちに貫禄を兼ね備えた、四十絡《がら》みの美男だった。

寺社奉行の脇坂《わきさか》中務大輔安董《やすただ》である。

当年四十四になる安董は、播磨龍野《はりまたつの》五万一千石の外様《とざま》大名だ。

関ヶ原の戦いで徳川方の東軍と敵対し、敗れた後に軍門に下った武将たちの末裔《まつえい》である外様の大名は、本来ならば幕府の御役目に就けない立場だった。

しかし安董は家斉の御声がかりにより寺社奉行に抜擢され、大奥の女中との密通を重ねた破戒僧《はかいそう》たちを自ら捕縛した、谷中延命院《やなかえんめいいん》の一件で名を挙げた。

近年も西本願寺の教義を巡る内紛を穏便《おんびん》に治める手腕を発揮し、名奉行にして弁舌《べんぜつ》爽《さわ》やかな美男ぶりでも知られた人物だった。

龍野藩の上屋敷の所在地は江戸湾を間近に臨む、芝口御門の二丁目だ。宝永《ほうえい》の頃に造営された御門が焼失した後も地名に名残《なごり》を留め、品川と行き来する駕籠が絶えない交通の要地でもあった。

「ご家中の各々方、大した張り切りようでござるな」

「御公儀から入用金《にゅうようきん》を一万五千両も拝借しておる故、手が抜けぬのでござるよ」

屋敷の奥まで通された鎮衛は安董と二人きりになって向き合い、打ち解けた言葉を交わしていた。

この二人は評定所において勘定奉行を交えた三奉行が行う合議を通じ、互いのことを承知している。

安董は役人としての実力のみならず人格も、敬意を払うに値する傑物《けつぶつ》だった。

「して肥前守殿、お尋ねの儀は何でござるか」

「後学《こうがく》のために調べおることなれど構いませぬかな」

そう前置きをして鎮衛が安董に問うたのは、大名家の子弟で僧籍に入った者たちの有無だった。

　江戸定府の嫡男のみならず国許で出家した次男や三男についても、宗門《しゅうもん》を司《つかさど》る寺社奉行にとっては周知のことである。

　だが後学のためと偽った鎮衛の問いかけは、本当に前置きにすぎなかった。

「当節は大名家と申せど部屋住みは辛きもの。存外に多うござるよ」

「左様か。世知辛《せちがら》きものでござるな」

　苦笑いした安董に、鎮衛はさりげなく切り出した。

「そのお歴々の中に、去年《こぞ》の暮れに出奔《しゅっぽん》なされし方は居《お》られるかの」

「と、申されますと？」

「江戸に参られたのは、霜月の末との由にござった」

「…………」

　安董の端整な顔が、たちまち曇る。

「肥前守殿……」

　続く言葉を絞り出すまでに、安董はしばしの時を要した。

「その御方は、何ぞ罪を犯されたのか？」

「さに非ず。身共が後見つかまつり、市井にてつつがのう過ごしておられ申す」

鎮衛がそこまで匂わせたのは、確信があってのことだった。

話の出どころは門左衛門だ。

昨年の霜月に若様を保護した門左衛門は、寺社方へ早々に伺いを立てている。何処かの寺から出奔した身ではないかと、察してのことであった。

その時に該当《がいとう》する者は居《い》ないと回答したのが、安董である。

寺社方の名奉行として知られた安董が偽りを口にしたのは、事の真相を明かすのが憚られるが故に違いあるまい。

そこで鎮衛は相手の内懐《うちぶところ》に踏み入る無礼を敢《あ》えて犯し、若様の出自《しゅつじ》を突き止めんと決意したのだ。

鎮衛の心眼は、若様が清水徳川家の子であることを示している。

だが、鎮衛は己の眼力《がんりき》が示した答えであっても、鵜呑《うの》みにはしない。

咎人を裁く際と同様に裏を取らねば、説得力を持ち得ぬからだ。

「中務大輔殿」

鎮衛は静かに安董を促した。

騙《だま》すような真似までするに及んだのは、若様との約束を果たすため。卑怯者の誹《そし》りを受けようとも甘んじて受け、答えを持ち帰る所存だった。

「……肥前守殿、金打《きんちょう》をお願い申す」

安董が意を決した面持ちで告げてきた。

「心得申した。して、何を誓い申さばよろしゅうござるか」

「その御方の御素性を、御当人の他にはゆめゆめ明かさぬと誓《ちこ》うていただこう」

「……承知つかまつった」

二人は帯前の脇差に手を掛け、切った鯉口を再び締める。

それは武士と武士の間でのみ成立する、固い約定《やくじょう》の所作であった。


安董が密かに語ったのは紛《まぎ》れもなく、金打を必要とする話だった。

「肥前守殿におかれては、身共が延命院の一件でおなごの間者《かんじゃ》を使うたことをご存じでござるか」

「……仄聞《そくぶん》しており申す」

鎮衛は言葉を選んで答えた。

安董にとって明かし難いことであるのを承知していたからだ。

「…………」

しばしの間、安董は口を閉ざした。

意を決した様子で、端整な顔を鎮衛に向ける。

「されば、そのおなごが落着後に自害せしことも？」

「……その節は、お気の毒にござり申したな」

「……お恥ずかしき次第にござった」

安董が恥じた面持ちでつぶやいた理由を、鎮衛は知っている。

谷中延命院の一件は他の寺社奉行では手を出しかねた、前代未聞の不祥事だった。

かの江島生島《えじまいくしま》の件のように大奥で権勢を握った御年寄を失脚させるべく捏造《ねつぞう》されたことではない。

それは御代参《ごだいさん》を口実にして訪れる、有名無名の奥女中たちの男日照《ひで》りを鎮《しず》めるために寺ぐるみで行われた乱行《らんぎょう》であった。

この不祥事を摘発《てきはつ》すべく安董は女人の密偵を大奥に奉公させ、延命院参りの一行に加わるように立ち回らせた。僧たちだけでは頭数が足りず、寺男まで駆り出された床での接待を実際に受けることにより、動かぬ証拠を摑ませたのだ。

かくして事件が解決した後、その女密偵が自ら命を絶つに至ったのは安董に密かな想いを寄せており、手柄を立てさせるためとはいえ身を穢《けが》してしまったのを恥じてのことだったと言われている。

真偽のほどは定かではなく、鎮衛も詮索《せんさく》するつもりはなかった。

「……身共が恥を忍んで左様な話をいたしたのは、大事なおなごを失うほど耐え難きことはないと想えばこそにござる」

安董は再び語り始めた。

鎮衛は無言で頷き、続いて耳を傾ける。

「畏れながら亡き重好様も、身共と同じ苦しみを味わわれた御方でござった」

「……開かずの間の女人、にござるな？」

「やはりご存じだったのでござるな……」

安董は溜め息交じりにつぶやいた。

「その女人が重好様の御種を授かりて、御子が生まれたのは身共が奏者番《そうじゃばん》を務めし頃のことにござる。奥向きの御用を賜る御役目がら、上様の御供をつかまつりて清水の御屋敷に参る折も多うござった身共は、御子を御府外へ落ち延びさせ奉《たてまつ》る御役目を密かに仰せつかったのでござる」

「…………」

安董が話に出した『上様』とは、先代将軍の家治のことである。

家治は実の弟である重好と仲が良く、御台所を同伴させて清水屋敷を訪れることがしばしばだった。

「して、重好様は何故に御子を手放されたのでござるか」

「そこまでは身共の口から申せぬことと、お察しくだされ」

「……家基《いえもと》様と御同様になられたやもしれぬ、ということか」

「…………」

ひとりごちた鎮衛に、安董は無言で頷いた。

家治の世子であった家基は鷹狩りに出た先で突如として体調を崩し、そのまま息を引き取ったため、毒殺されたという説が絶えない。

家基の亡き後に一橋徳川家から迎えられた養子が、今の将軍である家斉だ。

清水徳川家にも男子が生まれていたのが発覚すれば、どうなったのか。

それは安董ならずとも、口にするのが畏れ多いことだった。

「中務大輔殿、非礼の段を平にご容赦くだされ」

「お気に召されるな、肥前守殿」

「痛み入り申す」

「若様のことを、よしなにお頼み申しまするぞ」

「しかと肝に銘じ申す。されば、御免」

鎮衛は深々と一礼し、対馬への旅の支度に忙殺される龍野藩上屋敷を後にした。

二

南町奉行所の役宅で番外同心結成の儀を終えた鎮衛が他の面々を引き取らせ、若様と二人きりになったのは、そろそろ日暮れも間近な頃だった。

「……まずは礼を申します、お奉行」

余人に明かさぬと誓いを立てた安董の告白を、若様は微動《びどう》だにせず聞き終えた。

「されば、やはり私はあの清水屋敷で生まれ育ったのですね」

「御意。江戸から御身を落ち延びさせ奉りし中務大輔殿が仰せにござれば、間違いはあり申さぬ」

若様に対する鎮衛の言葉は、将軍に拝謁した時と変わらぬものに改まっていた。

素性の一端が明らかとなった以上、余人の耳目《じもく》がない場所では臣下《しんか》の礼を取るべきと心に決めたが故である。

「かたじけない、お奉行」

対する若様の態度は、これまでと何ら変わらない。

己が将軍家の血を引く身と分かっても、驕《おご》りを微塵《みじん》も見せなかった。

「して、若君におかれては何が御望みにござるか」

「もとより大それたことは考えておりませぬ。ただ、己の生まれ出《い》ずる源《みなもと》を確かめんという一念で、私は江戸に参ったのでしょう」

「されど、ご素性を明かされるは禁物にございまするぞ」

「分かっています。しかるべき時が参るまで、そうするつもりはありません」

「御意」

穏やかに微笑む若様に、鎮衛はあくまで慇懃《いんぎん》に答えていた。

鎮衛が若様に任せた番外同心は特定の部署に属さず、町奉行から直々に命《めい》を受けて行動する、遊軍と言うべき役職だ。

公な人事ではないとはいえ正規の同心にとって面白からざる話であり、上役の与力も承服しかねることである。

「正気にございまするか、お奉行っ。我らだけでは手が足りぬとでも⁉」

「大事ない。ただの助っ人じゃ」

血相を変えて詰め寄った吟味方与力の文句を、鎮衛は涼しい顔で受け流した。

南町の与力と同心が鎮衛の名奉行としての評判と信頼にあぐらをかき、御役目の手を抜いていたことを知っていればこその態度だ。

彼らに活を入れる上でも、番外同心の誕生には意義がある。

それは南町奉行の座を狙う悪旗本の存在を暴《あば》くと同時に、表立って世を渡ることが難しい清水徳川家の遺児を守るため、鎮衛が決断してのことだった。


同心部屋では廻方の同心たちが、不安そうに言葉を交わしていた。

「番外って言っても、お奉行直々の命を受けることになるんだろ」

「そいつらに手柄を持ってかれたら、俺たちゃ形無しだなぁ」

「ただでさえ隠密廻の爺様たちは御役目が務まらねぇ有様なのに、このままじゃ北町にも後れを取っちまうぜ」

「あっちの隠密廻は手強《てごわ》いからな……」

「何をしておる、おぬしたち」

愚痴《ぐち》り合いを遮ったのは六尺豊かな大男――譲之助だった。

「おや、内与力様じゃありやせんか」

「こいつぁ失礼をいたしやした」

同心たちは話を中断しながらも、小馬鹿にしたような薄笑いを浮かべている。若様を相手取り、二度も倒されたことを承知の上での態度だ。

廻方の同心たちは御役目で市中の見廻に出ていたため話を聞いただけで、若様とは直《じか》に顔を合わせていなかった。

その若様が鎮衛の目に叶い、番外同心になったとは夢にも思っていないのだ。

「まだ日も高いぞ。無駄話は程々にいたせ」

譲之助は同心たちの不遜《ふそん》な態度を咎めることなく、注意のみを与えて立ち去った。

番外同心の誕生を快く思っていないのは、譲之助も同じであった。

しかし、あの青年の技の冴えは認めざるを得ない。

あの技は敬愛する主君の鎮衛のみならず、江戸の治安を護るにも役に立つ。

町方の御用にふさわしい技なのだと、譲之助は己が身を以て理解していた。

町方与力と同心は八丁堀に組屋敷で暮らしている。

将軍家は直参の旗本と御家人に土地と屋敷を授け、無役であっても家名が続く限り無償で住むことを認めているが、組屋敷は個々人ではなく同じ御役目を務める全員に対して与えられた、大縄《おおなわ》屋敷と呼ばれる区画を細分したものだ。

大縄とは土地を測量する際に物差しとなる縄を大まかに用いたという意味で、南北の町奉行所に属する与力と同心が授かったのは四万坪。四方を運河に囲まれた八丁堀では河岸も含まれる。

この大縄屋敷を細分化した組屋敷は与力が一戸あたり三百坪で、同心が百坪。大原宗吾と信吾が住んでいたのは九十坪の、やや小さい屋敷である。

「おぬしたち、後を頼むぞ」

宗吾は吹っ切れた顔で微笑むと、見送る若様たちに組屋敷を託して立ち去った。

「さーて、頼まれちまったからには大事に住まわせてもらわねぇとな」

屋敷内に戻った俊平は、がらんとした部屋を見回した。

「手狭と申せど、北の同心よりは広いそうだ」

傍らでつぶやく健作は、箒にはたきまで持参していた。

「男三人が暮らすには十分ですよ」

二人に向かって微笑む若様も坊主頭にねじり鉢巻きを締め、掃除にかかる気構えを万全にしていた。

「そういうこったぜ。座って半畳、寝て一畳と言うからなぁ」

俊平は苦笑いを浮かべつつ、健作の差し出す箒を受け取る。

「加えて申さば、天下を取っても二合半……だな」

「それでは始めましょうか」

健作のつぶやきを受けた若様は甲斐甲斐しく、部屋の畳を返しにかかる。

自分が御三卿の生まれと知るに至っても、驕るところは微塵もなかった。

三

一夜が明けて、今日は卯月の二十八日。

江戸城では月次御礼《つきなみおんれい》と称し、諸大名が将軍の御機嫌伺いをする日である。

「ははは、本日も盛況だったのう」

人払いがされた中奥の御休息の間では、家斉が機嫌よく笑っていた。

同席するのは御側御用取次の林出羽守忠英と、初老の男が一人のみ。

「ふふ、何事も上様の御器量あってのことにござる」

福々しい顔に満面の笑みを浮かべた男の名は、徳川治済。

数え六十一と相なって還暦を迎えた一橋徳川家の先代当主にして、家斉の実の父親である。

「まことに祝着至極にございまするな」

忠英は二人の顔を交互に仰ぎ、追従《ついしょう》の笑みを絶やさずにいた。

「さもあろう。上様の御器量は亡き吉宗公譲りであらせられる故な」

「痛み入ります る」

治済の誉め言葉に、家斉は謝意を返す。

「されど父上、清水の叔父上も左様に言われていたのではありませぬか」

「ああ、左様なこともございましたかな」

何げなく家斉が口にした言葉に、治済はとぼけた笑みを浮かべる。

この時代、まだ遺伝という概念は存在しない。

しかし、いわゆる隔世《かくせい》遺伝によって孫が祖父母、あるいは曾祖父母から受け継いだ外見や気性を持って生まれてくる可能性があることは知られていた。

亡き徳川重好は、八代将軍の吉宗の孫である。

それは治済も同じだが、名君と知られた祖父とまるで似ていない。

治済が秀《ひい》でていたのは、政ではなく謀略《ぼうりゃく》だ。

一橋徳川家の石高は十万石。

だが治済が手に入れたのは、それだけではない。

我が子の家斉を将軍の座に就けるために手段を択《えら》ばず、今や徳川御三卿のみならず御三家まで手中に収めた。

「されば上様、身共はそろそろ御無礼つかまつりまする」

「左様にございまするか」

辞去する治済に、家斉は目礼をして送り出した。

家斉は父親への孝養が篤く、日頃から粗略には扱わない。

将軍としての威厳を損なうことのない範囲で敬意を払い、露骨に避けられた話題を蒸し返すこともしなかった。

そうした姿勢が、我が子にも明かせぬ謀略を重ねた治済にとっては幸いだった。

潑溂《はつらつ》と本丸御殿を後にした治済は大手御門を潜り、下馬札の前に出た。

待機させていた駕籠に乗り、一橋御門に向けて出立する。

「ああ、幸せだとも」

粛々と進む駕籠の中、治済は微笑みながらつぶやいた。

おぬしはそれで幸せなのか？

目には見えぬ何者かに問われた気がして、何げなく口にした一言であった。

その頃、家斉の許《もと》を辞した忠英は中奥から表に足を運んでいた。

将軍の御座所を擁する中奥には、御目見以上であろうと無役《むやく》の者が足を踏み入れることは許されない。そこで御側御用取次が迎えに出向き、引率するのである。

この労を忠英が厭わないのは、役得が多いが故のことだ。

とりわけ熱心に貢《みつ》いでくるのは町奉行の座を切望する、一人の旗本だった。

「おお玄蕃《げんば》、待たせたの」

「出羽守様こそ、御役目ご苦労に存じ上げまする」

笑顔で告げた忠英に応じ、平伏したのは力士じみた巨漢《きょかん》。

その名は森川《もりかわ》玄蕃。

三河以来の直参の中でも名家に連なる、一千石取りの御大身である。

「して出羽守様、上様への御目通りにございまするが」

「待て玄蕃。つい今し方、御言葉を賜ったばかりであろう」

「それは月次御礼の決まりごとにて、身共が願い上げておりまするのは内々に御意を得ることに存じまする」

「左様にがっつくでないわ。急《せ》いては事を仕損じるぞ」

持ち前の笑みを幾分曇らせ、忠英は言った。

しかし、対する玄蕃は意に介さない。

「出羽守様、どうか御取り次ぎを」

「上様は本日は御疲れであらせられる。気の毒なれど出直すことぞ」

平伏したままの相手に告げる忠英は、完全な呆《あき》れ顔となっていた。

四

月は明け、皐月になった。四日を過ぎれば衣更《ころもが》えだ。

八丁堀に居を移した若様には、新しい日課が増えた。

今日も日中の寸暇《すんか》を利用し、出かけた先は清水橋の御門外。

御堀端に独り佇《たたず》み、閉じられたままの御門をじっと見つめている。

左右に広がる御堀は、将軍が暮らす江戸城の内堀だ。

橋詰に御門が設けられ、江戸参勤中の外様大名が番を任されているのは外堀の各門も同じだが内堀は特に警戒が厳しく、通行切手を所持せぬ者が橋を渡ることは御法度とされていた。

「あの若いの、どっか妙だと思わねぇかい」

「うむ……」

清水橋の袂《たもと》に佇む若様を遠目に見ながら、語り合うのは八森十蔵と和田荘平。

白髪頭に菅笠《すげがさ》を被り、水弾《みずだま》売りになりすましている。

水弾とは筒の先に開けた小さな穴から水を飛ばす玩具《がんぐ》のことで、火事が収まった後によく売れる。年明け早々から如月にかけて三度も大火に見舞われた江戸では水弾を売り歩く声が絶えない。身分を装っての市中探索を御役目とする隠密廻同心にとってはお誂《あつら》え向きの生業《なりわい》の一つだった。

「どう思うね、壮さん」

「ただの修行僧ではなかろう」

「ただの坊主とは、どこがどう違うんだろうな」

「外見《そとみ》に違いはあるまいぞ。肝心なのは中身だ」

「そいつぁ俺たちも同じだろ」

「左様だな」

くだけた口調で話を振った十蔵に、荘平は表情も硬く答える。町方役人特有の伝法な立ち居振る舞いとは無縁の、学者然とした雰囲気は相変わらずだ。

「おやおや、お前さんが俺の見立てを疑ってかからないたぁ、珍しいこともあるもんだな。明日は雪でも降るんじゃねぇのか？」

「冗談でも止めておけ。質《たち》の悪い風邪が再び蔓延《まんえん》いたさば何とするのだ」

「へいへい、お医者あがりの仰せとあらば黙りますよ」

「そう言うおぬしも学者あがりではないか。本草学を修めんと江戸に出た息子がこの体《てい》たらくでは、親父殿が草葉の陰で泣いておられるぞ」

「お互いに町方同心なんぞに見込まれて、婿入りしちまったのが運の尽きさね」

「それは申さぬ約束だぞ」

軽口を叩く十蔵を窘めながらも、荘平は青年から視線を離さない。

「……前のお奉行も、死因は流行りの風邪ということになっておったな」

「ああ。表向きは、な」

「ご子息たちは躍起になって、裏を調べ回っておるようだが」

「無茶をさせねぇようにしないとな」

声を潜めて語り合いながら、二人は御堀端から離れていく。

この界隈は日本橋に近いため、物売りになりすましても不自然だとは思われない。

それを幸いに、今日も探索御用に勤しむ所存であった。

二人が立ち去った後、若様も歩き出した。
安定した足の運びがふと止まったのは、一橋の御門前。
この御門の向こうには、一軒の屋敷がある。
八代将軍の吉宗が三男の宗尹を当主として成立させた、一橋徳川家の邸宅である。
どうしたことか、ここに来ると若様の心は乱れる。
許し難い、何者かの気配を感じるからだ。
無言で佇む若様は、未だ全ての記憶が戻るに至っていない。
出自が分かっても、確たる証しは何もなかった。
もとより野望めいたものなど抱いてはいない。
ただ、自分が何故に清水屋敷から出されたのかが知りたかった。
しかし、再び立ち入ることは難しい。
あれから警戒は厳重を極め、もはや忍び込むのは不可能だ。
正面から訪ねるわけにもいかなかった。
今の自分は幼い頃に預けられた寺から出奔した、坊主くずれの青年に過ぎない。
そもそも何故に出家をさせられたのか、若様は分かっていなかった。

しかし名奉行と評判の根岸肥前守ならば、いずれ証しを立ててくれるはず。

その日が訪れることを願って、己のすべきことに勤しむのみだった。

五

八丁堀に戻った若様は組屋敷には戻らず、最寄りの船着き場に向かった。

「若様！」

折よく漕ぎ寄せてきた船の上で、お陽が手を振っている。

膝の上にちょこんと座っているのは、おみよである。

若様も手を振り返しながら、船着き場に降り立った。

「いつもすみませんね、お陽さん」

「いいのよ、お金《あし》は頂戴しているんだから」

微笑むお陽が乗ってきたのは商売物の干鰯を得意先に運ぶため、銚子屋が所有する荷船の中の一艘だ。

子どもを連れての探索は、あちこち歩き回るのが難しい。

江戸が梅雨に入り、空模様がぐずつきがちとなった今は尚のことだ。

そこで門左衛門が提案したのは荷を運ぶついでに子どもたちを船に乗せ、若様らも付き添った上で市中の各所に繰り出すことだった。

今日も新太には杢之丞、太郎吉には俊平がそれぞれ同伴し、旗本屋敷の多い地域を見廻っている。

銚子屋の商いをこなしながらの探索ならば鎮衛に余計な出費を求めるには及ばないため、まさに一石二鳥と言えよう。

お陽にとっては若様と一緒に出掛けられるのも、嬉しい限りだ。

しかし、そうは問屋が卸さない。

「わかさまー」

「おお、今日も元気がいいですね」

船に乗り込んだ若様に、おみよが甘えかかってくるのは毎度のこと。

太郎吉も似たようなものであり、お陽は遠慮せざるを得なくされてしまう。

年嵩の新太ならば大事はないが決まって杢之丞が同行を買って出るため、幼い二人のいずれかを任されるのが常だった。

「お陽さん、気分でも悪いのですか？」

「何でもないわよ。さ、出しとくれな」

「へーい」

竿《さお》を手にした銚子屋お抱えの船頭は、ご愁《しゅう》傷《しょう》様といった態で苦笑い。

船着き場から離れたところで櫓を握り、慣れた腰つきで漕ぎ進める。

今日もお江戸は曇り空。

そっと溜め息を吐くお陽の胸の内も、また同じであった。

六

その頃、鎮衛は下城して早々に装いを改め、役宅を抜け出した。

例によって供を連れず、麻の帷子《かたびら》に軽衫《かるさん》を穿《は》いて赴いたのは江戸城の龍の口。

しかし訪れたのは評定所ではなく、同じ龍ノ口に老中首座の松平伊豆守信明が三河吉田《よしだ》藩主として拝領した上屋敷だ。

「雑作をかけるの、肥前守」

「滅相もございませぬ。さればご老中、お話の続きを承りましょうぞ」

労をねぎらう信明に慇懃に答え、鎮衛は先を促す。

人払いした座敷で行われたのは江戸城中奥の老中の御用部屋では憚られる、新任の北町奉行——永田備後守正道の処遇に関する話であった。

「やはり備後守では、土佐守の後任は荷が重かったかの」

「他に適任と申せる者が居らぬからには、様子を見るより他にございますまい」

二人が懸念するのは正道の悪癖と言うべき、御用の手抜きであった。

無能ならば早々に御役目替えを検討すべきだが、なまじ優秀なだけに質《たち》が悪い。

「備後守め、近頃は大坂屋《おおさかや》と懇意にしておるようじゃ」

「杉本茂兵衛《すぎもともへえ》にございまするか」

「左様。十組《とくみ》問屋ばかりか三橋《さんきよう》会所まで仕切る、上り調子の商売人だ。何をさせてもそつのない、油断のならぬ男ぞ」

「身共もせいぜい気を付けるといたしましょう」

警戒を露わにする信明を安心させるべく、鎮衛は真摯に頷き返した。


信明との話を終えたのは、日も沈んだ後だった。

鎮衛は独り、数寄屋橋への戻り路を辿《たど》っていく。

その往く手が、不意に阻まれた。

覆面《ふくめん》で顔を隠した、武士の一隊である。

武家地、それも江戸城を間近に望む場所で夜襲《やしゅう》に及ぶとは大胆に過ぎるが、鎮衛に迫る動きに迷いはなかった。

「おぬしたち、わしが何者か知ってのことか？」

「無論じゃ、根岸肥前守」

頭目と思《おぼ》しき男は、山伏《やまぶし》めいた巨漢だった。

抜きん出て逞しく、覆面から黒い髭がはみ出している。

「老いぼれめ、往生《おうじょう》せい」

定寸より長い刀を抜き放った頭目に続き、一隊は抜刀して襲い来た。

「くっ！」

鎮衛は脇差を抜くことなく、群がる敵を相手取った。

斬り付けをかわしざま内懐に踏み込み、投げ倒す。

相手の力を利用することに徹した、老練の身ならではの柔術の切れは鋭い。

「うっ⁉」

果敢に敵を制していた鎮衛の動きが、おもむろに止まった。

持病である疝気《せんき》の痛みが、腹に留《とど》まらず腰に来たのだ。

紙一重でかわした刃が羽織の下の着物まで裂き、古びた彫物がちらりと覗く。

「肥前守、覚悟っ」

頭目が隙を逃さず斬りかかった。

図体が大きいだけではなく、動きも速い。

物打が鎮衛を捉える寸前、頭目の手にした刀が何者かに奪い取られた。

若様だ。

鋭い気合いと共に鉄拳が繰り出され、頭目が吹っ飛んだ。

力任せに叩き込む打撃ではない。

迫る相手の動きを見切り、体勢を崩した隙を衝いて繰り出す、流れるように鮮やかな一撃だ。

「貴方がたはそれでも武士ですか。卑劣な真似はお止《よ》しなさい！」

凜とした眼差しを配下たちに向け、若様は鎮衛を庇って立ちはだかった。

「退《ど》け、若造！」

「邪魔立ていたさば容赦《ようしゃ》はせぬぞっ」

負けじと襲い来た配下たちを、若様は軽やかに相手取った。

気合いと共に放つ拳で、次々に敵を打ち倒しては失神させていく。

「長居は無用にござるぞ、お奉行っ」

「か、かたじけない……」

「さ、お早く！」

一隊を沈黙させた若様は、鎮衛を背負って走り出した。


「ご無事で何よりにございましたな」

「おかげで命を拾い申した。かたじけのうござる」

役宅に生還し、若様と二人きりになった鎮衛は頭を下げて謝意を述べた。

「ついに向こうから仕掛けて参りましたね」

「来るべき時が参ったようでござるな」

襲撃の黒幕は南町奉行の座を狙う悪旗本に相違あるまいが、子どもたちに同伴しての探索は未だ成果が出ていない。

「船にて参れる地は、余さず当たりましたが……」

「残るは高台でござろう」

若様のつぶやきを受け、鎮衛が指摘した。

「高台と申さば、湯島や神田の辺りでしょうか？」

「本郷《ほんごう》も含まれまするな」

「水戸殿と前田侯《まえだこう》の御屋敷があるところでしたね」

「あの界隈には知り人も居りますれば、身共が調べを受け持ちましょうぞ」

「ご無理はなりませんぞ、お奉行」

「御気遣いはかたじけのう存じ上げ申すが、若い者にばかり頼っておっては体が鈍《にぶ》るというもの。今宵の不覚も、それ故のことと思うてくだされ」

「分かりました。されば、お任せいたしましょう」

気丈に答える鎮衛に逆らうことなく、若様は微笑んだ。

「されどお奉行、くれぐれもご無理は禁物ですよ」

「分かっており申す。お任せくだされ」

七

かくして一同は手分けをした上で、高台の武家地に的《まと》を絞った。

その結果、浮かび上がったのは一人の旗本。

「森川玄蕃、ですか」

「評判のよくねぇ男だぜ。山流しにされて当然至極《しごく》のご乱行ぶりでな」

俊平が若様に語ったとおり、玄蕃は評判が甚《はなは》だ悪い人物であった。

「今は江戸に戻され、番方の御役に就いておるのだがの、それでは飽き足らずに御側御用取次に袖の下を盛んに贈っておるそうじゃ」

続いて語ったのは、一同を私室に集めた鎮衛である。

探索を任せきりにせず、自ら出向いた本郷で調べ上げてきたのだ。

甲府勤番は山流しとも呼ばれるとおり、行状《ぎょうじょう》の悪い旗本を江戸から遠ざけることを目的とした人事である。江戸に戻されるのは稀であり、玄蕃の返り咲きは裏で少なからぬ額の金が動いてのことと見なされた。

「それほどの金子《きんす》を、如何にして都合したのでしょうか」

「実はの、そのことに心当たりがある……」

そう前置きするや、鎮衛は腰を上げた。

持ってきたのは分厚い綴り。

かの『耳嚢』の七巻目に相当する、自筆の原稿だった。

第七章　晴れ空の下で

一

森川玄蕃が南町奉行の座を奪わんとする張本人と断ずる上で、鎮衛たちは幾つかの確証を得ていた。

第一に、町奉行職への執着心。

江戸市中の司法に加えて行政まで担う激務にも拘わらず、旗本が出世の叶う最高の役職であるために望む者は多いが、玄蕃の執着ぶりは並外れたものであった。

当初は老中首座の信明に懇願するも定信の教えを遵守《じゅんしゅ》し、袖の下も受け取らないと察して御側御用取次に狙いを切り替え、家斉の信頼が篤い忠英に的を絞った。忠英の屋敷にお忍びで通うのみならず、江戸城中においても形振《なりふ》り構わず取り入ろうと必死な玄蕃の姿が茶坊主衆に目撃されていたことを、鎮衛は確認した。

第二に、新太と太郎吉、おみよの証言。

玄蕃が屋敷を構えている本郷には、坂が多い。

もとより土地勘がない子どもたちは辿った道こそ忘れてしまったものの、荷車を前に進めるのに難儀をさせられた坂のきつさは、しかと覚えていた。

路頭に迷ったところを連れて行かれ、無宿人の子どもめいた装いをさせられたのが玄蕃の屋敷だったことも、門番の目を避けつつ確かめた。

第三に、鎮衛を襲った一隊の頭目の外見。

覆面でも隠しきれぬほど蓄えた髭に加えて身の丈が高く、体つきも逞しいとなれば自ずと目立つ。

鎮衛が襲われた日、報告すべく役宅に足を運んだ若様はお忍びで出かけたと聞いて胸騒ぎを覚え、探しに走った。すんでのところで間に合い、鎮衛を斬り伏せんとした巨漢を吹っ飛ばした時、若様は、覆面にしていた頭巾《ずきん》が緩み、露わになった月代の毛が伸びているのを見て取った。

現役の武士は月代はもとより、髭を伸ばすことも禁じられている。見た目の問題である以前に、戦国乱世の遺風を排する方針の一つとして御法度とされたからだ。

将軍の直臣である旗本と御家人、そして大名はもちろんのこと、陪臣として大名に仕える藩士も同様だったが、旗本の家来であれば月代を伸ばし、髭まで蓄えていても取り締まられはしない。

旗本に仕える家士は、生殺与奪《せいさつよだつ》まで主君に握られる。罪を犯した裁きを天下の御法に委《ゆだ》ねることなく、主君の旗本が勝手に成敗《せいばい》しても障りはなかった。身なりも含めて自由である代わりに、公の法によって守られることのない立場だった。

若様の話を踏まえて調べたところ、玄蕃が抱える家士に一人、修験者《しゅげんじゃ》くずれの男がいることが分かった。

鎮衛が番外同心の一同に示した『耳嚢』七巻の原稿には、その家士に玄蕃が命じたことと目《もく》される悪事が、図らずも記録されていたのである。

「拝読します」

分厚い綴りを最初に手にしたのは若様だった。

鎮衛が公儀の役人として精勤する合間に筆を執り、二十年余りに亘って書き続けてきた『耳嚢』は後の世に有名となった怪談だけではなく、多岐に亘る話が収録された雑話集だ。

収録された話の大半は鎮衛が友人知人、あるいは恩人の口から語られた内容が独自の視点に基づいて構成された読み物で、それぞれの話題に詳しい語り手は江戸市中の行政と司法を担う鎮衛にとって、貴重な情報源でもあった。

佐渡《さど》奉行を務めていた天明年間の半ばに起稿した『耳嚢』は文化八年現在で九巻に達しており、続く十巻では千話に届かんばかりの量である。

床の間の違い棚に重ねて置かれた原稿の綴《つづ》りは、随所に付箋《ふせん》が施されている。書き損じた原稿を小柄《こづか》で細く割き、薄く塗った米糊《そくい》で貼り付けたものだ。

付箋が貼られた箇所に書き綴られていたのは、悪しき者どもがあの手この手で天下の御法に触れることなく大金をせしめ、巧妙に裁きを逃れた実例の数々。

鎮衛が一同に回し読みをさせた七巻の原稿で付箋が貼られていたのは六年前の文化二年（一八〇五）春、あるいは前の年の暮れに始まったとされる事件だった。

若様が真剣に目を通す、その話の題は『老僕奇談《ろうぼくきだん》の事』。

鎮衛の身内の山本《やまもと》という武家が暮らす本郷には三河屋《みかわや》という質屋で働く、あるじの信頼も篤い五十過ぎの男がいた。

年は取っているが、番頭でも手代でもない。

話の題が示すとおり、あるじに下働きとして仕える男だ。

番頭や手代のように子どもの頃に奉公したわけではなく、ほんの数年前に雇われた身にすぎない。あるじの信頼が篤いといっても、寄せられる信頼は子飼いの奉公人に対するものには及ばず、年を重ねていながら寄る辺がなく、住み込みで働かなくてはならないのを憐《あわ》れまれる立場だった。

その男が最初に取った妙な行動は、両隣の家が全焼した火事の予言。

この界隈で近い内に火の手が上がるが三河屋は無事だと口走り、たまたま耳にしていた店の若い衆に縁起でもないと一笑に付されただけだったが、根も葉もない戯言《ざれごと》と思われた男の予言は現実と化し、三河屋は大騒ぎとなった。

取り乱す店の人々を男は落ち着かせ、このお店は大丈夫、類焼はしないので家財を持ち出す必要もないと請け合った。

この不可解な言動から男は付け火をしたと疑われ、火付盗賊改の取り調べを受ける羽目となったものの証拠も動機も見出せず、無罪放免されて騒ぎは鎮《しず》まったが、その後も男が寝起きをしている二階の部屋から、何者かと話す声がたびたび聞こえた。

不審を抱いたあるじに問い詰められ、男は真相を明かした。

夜中になると奇妙な山伏がしばしば部屋に現れ、お前は心がけが良い、もっと若ければ法力《ほうりき》で共に諸国へ連れて行き、珍しいものをいろいろ見せてやりたいが、その年では無理なので代わりに話をしてやろう、と言われていたというのだ。

先日の火事の予言も、その山伏から教えられたことだったのである。

あるじから話を聞いた店の手代たちは男に詰め寄り、その山伏に会いたい、自分らはまだ若いので、代わりに諸国漫遊に連れて行くように頼んでくれと懇願した。

やむなく男は話をしてみると約束し、山伏の訪れを待って願い出たものの、下々の者たちに会うことはできないし、お前の口の軽さに失望した、見込んだのは間違いであったと説教をされてしまった。

それ以来、この山伏が男の前に現れることはなかったという。


「…………」


俊平から健作、門左衛門からお陽と回覧された原稿は、若様の手元に戻された。

李之丞と譲之助は全ての原稿を読了済みとのことで、付箋が貼られていた話の題名を確認したのみだった。

「おぬしたち、この話をどう思うたか」

「さすがは三河屋さんでございますね。屋号に恥じないお店《たな》なれば、騙《かた》りも付け入れなんだのでございましょう」

鎮衛の問いかけに、最初に答えたのは門左衛門。

「全くだ。この山伏野郎も当てが外れて、さぞがっかりしたこったろうぜ」

「うむ、引っかかったのが手代たちだけでは話にならぬと、手を引いたのであろう」

続く俊平と健作は、共に呆れた面持ちであった。

「ねぇ若様、どういうことなの」

「世の中には信心に付け込みて、利を得んとする輩が多いということでしょう」

きょとんとした顔で問うお陽に、若様は残念そうに答える。

「若様が申すとおりにござるぞ、お陽殿」

隣に座っていた李之丞は、渋い顔で言い添えた。

「父上がこの話をお書きになられた時に山本殿に伺うたところ、これなる老僕《ろうぼく》は愚直《ぐちょく》と評するより他にないとの由にござった。故に当人も気付かぬまま、悪しき輩の手先として使われそうになったのだ」

「この件に限っては、火盗も甘いと申すしかあるまいよ」

順番が最後となった譲之助は、当時を思い出した様子でつぶやいた。

「本郷の界隈には御先手《おさきて》の組屋敷もある故、放ってはおけずに乗り出したのだろうが見当違いもいいところぞ。仲間の盗人どもを引き入れるために働き者を装うて、数年越しで奉公しておったわけではないと判じて嫌疑を火付けに切り替えたにせよ、三河屋にだけ火の手が回らぬように謀《はか》ることなど、できるはずがなかろう」

一同の感想を、鎮衛は黙って聞いていた。

「……さすがにおぬしたちは騙せなんだな」

苦笑いと共につぶやいたのは、譲之助が意見を述べ終えた後だった。

「されればお奉行、この話はやはり」

「左様。怪談と見せかけた、悪しき金稼ぎの手口よ」

若様に問われて鎮衛は頷いた。

「まことのことを書いてしもうては老僕が報われぬ故、狐狸《こり》の悪戯《いたずら》とほのめかして筆を措いたのだがの、これは怪異の仕業《しわざ》に非ず。法力のある山伏を装うた似非《えせ》の騙りに相違ない」

「狙いは三河屋のあるじ、ひいてはその家財だったということですね」

「騙りにしては凝った手口なれど、労した分に値する実入りがあると踏んで手間暇を惜しまず、老僕の許に通うたのであろうよ。余人に悟られず忍び込むことを繰り返しおった手際だけは、本物の山伏さながらと申すべきだがの」

「その者が、森川玄蕃に仕えておると？」

「道覚《どうかく》と申す修験者くずれじゃ。このことが起きる半年ほど前に玄蕃に拾われ、家士として仕えておる。登城の供揃えに加わらず屋敷内で働きおる故、人目に触れることのなき身なれど、鐘馗《しょうき》めいた髭面の大男だそうじゃ」

「髭面と申さば、お奉行を襲うた者たちの頭目は左様な形《なり》をしておりました」

「左様、あやつだ」

「あの者が玄蕃のために、悪しき金稼ぎをしておったと？」

「さもなくば、袖の下は賄《まかな》いきれまいぞ」

若様に答える鎮衛の声は、確信を帯びていた。

「俺もそのとおりだと思うぜ、若様」

鎮衛の答えを受け、俊平が言った。

「本物の山伏だった野郎に芝居を打たせたってんなら、真面目一筋のとっつあんが騙されちまうのも無理はねぇやな」

「信用さえ取り付くれば後は騙し放題だ。この手で信じ込ませて寄進をさせれば入用の折に幾らでも引き出すことができる……山流しを許されて、江戸に戻るための袖の下に事欠かなんだのも当然だな」

溜め息交じりの俊平に続き、健作も暗い声で言った。

「森川玄蕃め、斯様な手口をよくも考えおったな」

「よほど性悪でなくば思いつくまいぞ」

杢之丞と譲之助は揃って憤りを隠せない。

「人はお金に詰《あし》まると、ずる賢うなるものですよ」

門左衛門が実感を込めてつぶやいた。

「苦労は買ってでもしろと言いますが、銭金に絡んだことはいけません。人を育てるどころか性根を歪め、金持ち物持ちが相手なら構わねぇ、ぺてんに掛けてもいいからふんだくっちまえって料簡《りょうけん》になっちまうようでしてね。商いをしておりますと、そういう手合いにしばしば出くわしますよ」

「銚子屋《うち》の婿になろうって売り込んでくる男《の》にも、そういうのが多いものね」

続いてつぶやくお陽は、すでに驚きから脱していた。

事件を判じることは素人でも、商いに譬《たと》えられれば察しは早い。

「…………」

若様も口を閉ざし、静かに怒りを滾《たぎ》らせている。

その怒りの赴くままに、腰を上げた。

「どうした、若様」

　俊平が怪訝そうに呼びかけた。

「玄蕃の屋敷を探って参ります」

「落ち着け。外からは十分に見たであろう」

　健作もただならぬ雰囲気を察したらしい。

「内まで入り込んでみなくては、たしかなことは分かりますまい」

「ちょっと若様、どうしたの？」

　お陽が慌てた声を上げた。

「お待ちなされ」

　門左衛門も娘と共に追いすがった。

　しかし、若様は止まらない。

「待て」

　廊下に出ようとしたのを、譲之助が阻んだ。

「気持ちは分かるが、逸るでないぞ」

　李之丞も敷居際に腰を据え、体を張って止めようとしていた。

　ただ一人、鎮衛だけは異なる反応を示した。

「行かせてやれ」

「父上？」

李之丞が驚きの声を上げ、譲之助も啞然として鎮衛を見返す。

その隙を衝き、若様は瞬く間に二人の間を擦り抜けた。

二

若様は一気に夜の町を駆け抜けた。

玄蕃の悪辣《あくらつ》さに、本気で腹を立てていた。

理由はどうあれ、許されることではあるまい。

その屋敷が在るのは老僕の話に出てきた三河屋に近い、屋根伝いに移動すれば人目に立ち難いであろう場所だった。

裏門に廻った若様は、身軽に塀を乗り越える。

警戒が厳重を極める清水屋敷に比べれば、一千石の屋敷も護りは甘かった。

「肥前守のじじいめ、しぶとい奴だ」

四十男の玄蕃は力士じみた巨軀《きょく》を震わせ、募る怒りを露《あら》わにしていた。

親子ほども年の離れた鎮衛に対し、敬意など微塵も抱いていない。喉から手が出るほど欲しい町奉行の職を老いても手放さず、無駄に長生きをするばかりのくたばり損ないとしか見なしていなかった。

槍術の名手であるのみならず、重心の安定した体つきを活かした弓術も巧みな玄蕃だが、勇猛果敢で知られた三河武士の末裔としての自負が強すぎた。

根岸家のように陪臣の藩士から直参旗本に取り立てられた家の当主を小馬鹿にし、登城の際に順番を争って揉めるのは日常茶飯事。激昂《げっこう》した余りに駕籠から飛び出して槍を振り回すのも珍しいことではなく、腹いせに市中の盛り場へ繰り出しては地回りをわざと怒らせて長脇差を抜かせ、無礼討ちにしたのは一度や二度ではない。

玄蕃がこのように育った原因の一端は、亡き父親にあった。

泰平の世に生まれし身でも乱を忘れず、武勇に秀でることこそ将軍家御直参の本懐《ほんかい》であると幼い頃から繰り返し説き、弱き者への情けは無用と教えられたことを疑問に思わず成長し、歪んだ強者として育ちきってしまった。

故に本家を含めた一族には、憐れむ者も少なくない。

しかし、玄蕃の乱行は度が過ぎた。

騒ぎを起こすたびに本家が揉み消してきたものの、限度を超えた粗暴ぶりに愛想をつかされるや甲府勤番の命《めい》が下り、形《なり》振り構わず裏金を積んだ甲斐あって江戸に戻ることは叶ったものの、由緒があるだけで腕の振るい甲斐のない大番に編入されたまま歳月だけを無為《むい》に重ねてきた。

玄蕃の暮らす古びた屋敷には常におどろおどろしい、怨念《おんねん》めいた雰囲気が立ち込めている。門前を通りかかっただけでも肌が粟立《あわだ》つ禍々《まがまが》しさは、当主の玄蕃が日頃から漂わせている雰囲気と何ら変わらない。

「せっかく森川の本家からせしめた米を、三俵も無駄にしてしもうたわ……」

傷みが目立つ畳の上でぼやく玄蕃は、外見に似ず細かい質《たち》だ。

袖の下にするのに必要な金額を自ら勘定し、不足を如何にして補うべきか思案することを繰り返す内に、自ずと育《はぐく》まれた気質であった。

せめて跡継ぎに恵まれていれば幸いだったが精力旺盛でありながら一向に子どもを授かれず、側室を幾度取り替えても懐妊する兆《きざ》しはない。

呆れた奥方は実家に帰って久しく、今や側室の成り手もいなかった。

「このままでは物笑いの種になるばかりぞ……何とか挽回《ばんかい》せねばならん……」

うわごとのようにつぶやく玄蕃の前には、家士たちが並んで座らされていた。

鎮衛を襲い、若様に失神させられた刺客の一隊だ。

気は失ったものの、誰も深手は負っていない。

無傷で戻ったことを恥じているかのように、全員がうつむいていた。

「……うぬら、いつまで雁首《がんくび》を揃えおるつもりだ？」

「殿っ、今宵は思わぬ邪魔が」

「つまらぬ言い訳など聞く耳は持たぬ。それよりも肥前守の首を早《はよ》う持って参れ」

押し寄せる怒気に圧されて、家士たちは黙り込む。

鎮衛を襲った際に一隊の頭目として指揮を執った、玄蕃に劣らず身の丈の高い髭面の男も同様であった。

頰まで覆った髭でも隠しきれない蒼白な顔を、じろりと玄蕃が睨《ね》め付けた。

「道覚、差料を返せ」

「殿？」

「うぬに貸し与えたのは、若作《わかさく》なれども名のある刀だ。法力も持たぬ修験者くずれが形だけ侍らしゅう装うために、帯びさせておいてはもったいないわ」

「あ、あんまりにございまする」

「やかましい。とっとと寄越せ」

玄蕃は有無を言わせず、目を血走らせて一喝した。

そこに派手な足音が聞こえてきた。

ずかずか廊下を渡ってきたのは、お仕着せ姿の中間衆。

六尺褌《ろくしゃくふんどし》を締め、腹にさらしを巻いた上に揃いの法被《はっぴ》を纏っている。

下には襦袢《じゅばん》も着ておらず、だらしなく開いた襟から胸毛を覗かせていた。

「殿様ぁ、今宵もご機嫌斜めでございやすね」

敷居際に立ったまま障子を開き、陽気な口ぶりで玄蕃に呼びかけたのは三十絡みの中間頭だった。大兵肥満《だいひょうひまん》の玄蕃と比べれば子どもと見紛うほどの小兵の上に童顔だが手足は太く、肩幅も広い。にやつきながらもつぶらな瞳は笑っておらず、冷たい光を放つばかりであった。

「何用だ、権六《ごんろく》」

「へっへっ、ちょいとご注進申し上げようと思いやしてね」

「注進だと」

「殿様が甲府から江戸に戻んなさる時、道覚さんに稼がせなすった分だけじゃ足りずにご用立てしたお金ですがね、このまんまじゃ利息が溜まるばっかりで埒が明かなくなりやすぜ」

「うぬ、出世払いで構わぬと申したのを忘れたかっ」

「そいつぁ殿様が早々とご出世なさるようなことを言いなすったから、こっちも信用しちまったんですよ。口約束でも相手次第じゃ守らにゃなりやせんが、この有様じゃ反故《ほご》にするしかねぇでしょう」

「お、おのれ」

「へっ、とさかに血ぃ上らせてる暇がおありなら、千代田《ちよだ》の御城での席次ってやつをとっとと上に登っておくんなさいまし」

玄蕃が放つ怒気《どき》をものともせずに、権六はせせら笑った。

中間は家の格に合わせて供を揃え、威光を保つ上で欠かせぬ奉公人だが当節は大名も旗本も一生奉公をさせる余裕がなく、口入屋《くちいれや》を通じて臨時で雇う場合が多い。

その中間に旗本が、それも分家とはいえ名のある一族の子孫が金を借りるとは世も末と言うより他にあるまい。

「ところで殿様、道覚さんから刀を召し上げなさるって聞こえやしたが、本当によろしいんですかい」

「構わぬ。若党から中間に格下げする故、今日から面倒を見てやれ」

「承知しやした。それじゃ道覚さん、参りやしょうか」

「…………」

権六に促され、道覚は右脇に置いていた刀を取った。

膝立ちになって玄蕃の前に進み出ると、刃を自分の方に向けて置く。

一礼して退出するのを、玄蕃は見もしなかった。

三

「半《はん》！」

「丁《ちょう》っ」

夜更けの中間部屋では、当たり前のように賭場《とば》が開かれていた。

町奉行所の調べが及ばぬ武家屋敷は寺社と同じく、御法度の博打を催すにはうってつけの場所である。それを承知で玄蕃は権六に許しを与え、寺銭《てらせん》と呼ばれる場所代と引き換えに表門の潜り戸を開放し、客が出入りをするのを認めているのだ。

権六は配下の中間衆に仕切りを任せ、長火鉢の前で茶碗酒を傾けていた。

「へっへっ、とんだ馬鹿殿だぜ」

「…………」

微醺《びくん》を帯びた権六と差し向かいの道覚は、注がれた酒に口を付けてもいない。羽織袴を脱いだものの法被には袖を通さず、着流しの肩から掛けるに留めていた。

「道覚さん、そんなにしょげるこたぁあるめぇよ」

「慰めは要らぬ……悪いのは殿ではなく、仕えるあるじを間違うた私なのだ」

「くーっ、泣かせるねぇ」

楽しげに言いながら、権六は手を伸ばした。

道覚の前に置かれた碗を取り、一息に乾す。

「なぁ道覚さん、そろそろ目ぇ覚ましてもいいんじゃねぇのかい」

らしからぬ真面目な口調で、黙り込んだままの道覚に説く。

「将軍家御直参、それも一千石の御大身でさえ一皮剝けばあの体《てい》たらくだ。さむれぇに値打ちなんぞはありゃしねぇって、ほんとはお前さんも分かってんだろ？」

畳みかけるように問いかけられ、道覚は無言で頷いた。

「そうかい、そうかい。だったら話は早《はえ》えや」

権六は嬉しげに童顔を緩めた。

道覚の前に茶碗を戻し、傍らの徳利を取って酒を注ぐ。

「おお、その飲みっぷりなら安心だな」

道覚が一息で空《から》にしたのを見届けて、権六はにやりと笑った。

「なぁ道覚さん、稼ぎ場を深川に広げねぇか」

「深川だと」

「御城下と比べりゃ鄙《ひな》びちゃいるが、あっちの商人も金はたんまり持ってるぜ。佐賀町の干鰯問屋なんぞも、羽振りが大層いいらしいや」

「さもあろう。金肥と呼ばれるものだからな」

「それも燃えちまったらお終いよ。元は青魚だしな」

「火の気を恐れるのがひとかたならぬということか」

「隣近所でちょいと付け火をしてやりゃ、もっと怖がるこったろうぜ」

「……おぬしたち、また手伝《てつど》うてくれるのか」

「お前さんがその気になってくれたら、いつでもやるさね」

「……慣れというのは、まことに恐ろしきものだな」

「へっ、弱気になっちゃいけねぇよ」

権六は酔いに任せて口を滑らせた。

「お前さんは年明けからこの方、似非だと気付いて騒ぎ始めた連中の口封じに付け火を三度もした上に、火事場泥棒までやらかした身なのだぜ。馬鹿殿がばらまくお金のため、忠義のためだったと幾ら言い訳したとこで、いざ御用にされちまったら裁きは火あぶりが間違いなしって大罪人《だいざいにん》だ」

「それを申さば、全てを手伝うたおぬしも同罪ぞ」

「そんなこたぁ分かってらぁな。だからお前さんを見捨てる気はねぇし、お前さんも俺から離れちゃいけねぇ。だがな、あの馬鹿殿とは手を切るこった。あちらさんから三行半《みくだりはん》を突き付けてきたんだから、これ幸いに受け取んなよ」

「潮時《しおどき》、ということか」

道覚は茶碗を手を取った。

すかさず権六が満たした酒を一息に乾し、空にした碗を置く。

「されば最後のご奉公に、金回りの良い干鰯問屋を見繕《みつくろ》うてくれぬか」

「まだ馬鹿殿のために、無駄なお金を作ってやるってのかい」

「次で終いだ。そこから先は山分けでどうだ」

「金主《きんしゅ》の旦那の手前もあるんでな。すまねぇが四分六《しぶろく》にしてくんねぇ」

「それで構わぬ。権六、しかと頼むぞ」

道覚は長火鉢越しに頭を下げた。

「任せときな。いずれ馬鹿殿をおっぽり出して、家名も屋敷も大坂屋のご隠居のもんにして差し上げねぇとな」

意気込む権六が玄蕃に貸し付けたのは、自ら稼いだ金ではなかった。

金主と呼ばれる融資元が裏から提供し、操っているのだ。

当節の江戸で金主として、最も勢いがあるのは日本橋の大坂屋茂兵衛。

今は隠居をした上に一代限りながら名字帯刀《みょうじたいとう》まで許され、杉本茂兵衛と名乗る男が江戸の金の流れを牛耳《ぎゅうじ》り始めていた。

四

道覚が権六に伴われ、玄蕃の部屋を再び訪れたのは夜も更けた頃だった。

「……繰り言《ごと》ならば聞かぬと申したはずだぞ」

憮然《ぶぜん》と告げる玄蕃は寝間着姿。

寝酒に一献《いっこん》傾けることもなく、つましく独り寝の床に就こうとしていた。

一千石の御大身も、内証が豊かとは限らない。

甲府勤番から江戸に戻るために積んだ裏金に加え、南町奉行となるための袖の下を捻出するために、玄蕃は諸事を切り詰めている。

それを哀れに思えばこそ忠義を尽くした道覚だったが、今や腹を括《くく》っていた。

「御免」

敷居際で一礼して早々に膝を進め、布団の脇に座る態度は堂々たるもの。

続く口上にも、もはや臆した様子はなかった。

「殿、それがしは言い訳を申し上げに参ったわけではござり申さぬ」

「ならば何用じゃ。酒など喰ろうて、無礼者め」

「すみやせんねぇ、殿様」

玄蕃が荒らげかけた声を、権六は猫なで声で抑えた。

「権六、おぬしのことは咎めておらぬぞ」

返す言葉は威厳を保とうとしながらも、響きが弱い。

その機に乗じて道覚は言った。

「殿、ご無礼を承知で罷り越しましたのは、最後のご奉公をさせていただきたいが故にございまする」

「最後の、だと」

「お刀をお返しつかまつり、袴も脱がせていただき申した。士分の証しを持つにふさわしからざる身となりし以上、ご当家のお世話になるわけには参りませぬ」

「それで立つ鳥跡を濁さず、って話でございやすよ、殿様」

頃や良しと権六が口を挟んだ。

いざ道覚に去られるとなって、玄蕃に未練を抱かれては困る。

「例の手口の金稼ぎ終いに、大川を越えてみちゃどうですかい」

「大川を？」

「町方の目が届き難い、深川辺りの分限者からふんだくろうってことでさ」

「左様にござる、殿」

すかさず道覚が話を引き取った。

「ご城下だけではこれより先は手の広げようがなく、無理をいたさば火盗が再び乗り出し、ご当家に疑いの目を向けるやもしれませぬ故」

「ううむ」

「ここが潮時とお心得いただき、それがしをお役御免にしてくだされ」

「……最後の奉公は、抜かりのう全うするのだな？」

「もとより、そのつもりにございまする」

「左様か」

玄蕃は得心した様子でつぶやいた。

「されば道覚、深川佐賀町の銚子屋に事を仕掛けよ」

「銚子屋、ですかい？」

　権六が思わず声を上げた。

「何としたのだ、権六」

「いえ、殿様のご慧眼に感服したんでございやすよ」

　お世辞抜きで権六は笑って見せた。

「慧眼とな」

「へい。こっちからお勧めするつもりでござんしたのでね」

「されば、狙うに不足なき店なのだな」

「左様でございやす。小店《こだな》のあるじを五人十人とだまくらかすより、よっぽど稼ぎは大きゅうございやすよ」

「それほどなのか」

「へい」

「成る程な。道理で出羽守様もお気を採まれるはずだ」

「出羽守様っていや、御側御用取次の」

「うむ、林忠英様じゃ」

「あの御方が、どうして銚子屋をお気になさるんですかい」

「実を申さば、肥前守に肩入れをしておるそうなのだ」

「南のお奉行に干鰯問屋が、ですかい」

「妙な取り合わせなれば、出羽守様もお首を捻っておられたがの」

「たしかに妙でござんすが、厄介にゃ違いありやせん」

思わぬ話に戸惑いながらも、権六は言った。

「銚子屋は屋号のとおり房総の出でございやす。三代目の門左衛門は若え頃にゃ放蕩者だったのが今じゃ堅い一方でござんしてね。同業の干鰯問屋に限らず、木場の旦那衆を含めた深川の分限者の中でも、評判のやり手なんでさ」

「左様な話を聞いては、ますます放ってはおけまいよ」

玄蕃は太い腕を組み、思案顔でつぶやいた。

「亡き土佐守の後釜で北の奉行になりおった永田備後守は出羽守様の覚えも目出度い身なれば、口惜しい限りなれど文句は言えぬ……南の奉行である肥前守を追い落とすより他に、俺が浮かぶ瀬はあるまいよ」

「銚子屋を虜《とりこ》にいたさば、肥前守に付け入る隙も自ずと生じましょうぞ」

道覚が意気込みも強く玄蕃に告げた。

「やってくれるのか、おぬしたち」

「最後のご奉公として、必ずや全うさせていただく所存にございまする」

「銚子屋の娘もついでにお世話しますぜ、殿様」

「相分かった。しかと頼むぞ」

二人に告げる玄蕃の口調に、いつもの傲慢さはない。

忠英の悩みの種を除くと同時に、鎮衛の力が弱まれば一石二鳥。

持ち前の不遜な態度も、自ずと控えめになるというものだった。


程なく道覚と権六は中間部屋に戻り、玄蕃は眠りに就いた。

微かに聞こえる寝息を確かめ、若様は部屋の床下から這って出た。

「…………」

か細い月明かりの下、床下から屋敷の中庭に出た若様の細面は青白い。

玄蕃の部屋から中間部屋、そして再び玄蕃の部屋へと床下を移動し、気配を殺して一部始終を盗み聞いた若様の隠形《おんぎょう》は完璧。

気取られずに済んだものの胸の動悸は未だ荒く、ただでさえ色の白い顔は青ざめたままであった。

五

南町奉行所の役宅では、鎮衛と門左衛門が二人で若様の戻りを待っていた。

「お若い皆さんは先に帰ってもらいましたよ。ご苦労様でしたね、若様」

「お陽のことならば心配いたすには及ばぬぞ。今夜は拙宅に泊め、おみよに添い寝をしてもろうておる故な」

蒼白のまま部屋に入った若様を気遣うように、二人は告げる。

されど、青ざめた顔色は戻らない。

「して、首尾《しゅび》はどうであった」

「…………」

鎮衛に答えを促されても、すぐには答えられずにいた。

「若様、何ぞ申され難いことでもお聞きになられたんですか？」

門左衛門が控え目に口を挟んでくる。

「……銚子屋殿」

若様は言い淀んだまま俯いた。

「お奉行にだけ申し上げたほうがよろしければ、席を外しましょうかね」

「いえ、お聞きください」

　若様は意を決し、門左衛門に向き直った。


「それはそれは、渡りに船でござんしたね」

　鎮衛と共に話を聞き終え、門左衛門は莞爾《かんじ》とばかりに微笑んだ。

「何を言われるか、銚子屋殿っ。あやつらはお陽さんまで」

「まぁまぁ若様、落ち着いてくださいまし」

　すっと門左衛門は手を伸ばし、若様の肩を叩いた。

「いけませんね。こんなに硬くなってちゃ、いざってときにお腕が鈍りますよ」

「貴殿のお店《たな》が狙われると知って、落ち着いていられるものかっ」

「こういう時にこそ腹を括るのが、男ってもんでございますよ。さ、お座りなさいませ」

　動揺を露わにした若様を座らせて、門左衛門は言った。

「今じゃ堅物だの何のって言われちゃおりますが、この銚子屋門左衛門、若い頃から修羅場《しゅらば》の二つ三つは潜っております。放蕩が過ぎて勘当され、送られた房総の海でもさんざ鍛えられ、土性骨《どしょうぼね》ってやつが据わってからは無駄に年を喰っちゃおりませんのでね、そんじょそこらの悪党に後れを取るほど甘くはありませんよ」

「頼もしい限りだの」

黙って耳を傾けていた鎮衛が口を挟んだ。

「銚子屋が申したとおり、これは渡りに船というものじゃ。踊らされたと装うて調子づかせ、いつもの手口で付け火に及びしところを捕らえれば、あるじの玄蕃も逃れることは叶うまい。もとより町方では手出しはできぬが評定所にて裁きにかけ、しかるべく罪を償わせてくれようぞ」

「……まことに大事はござらぬか？」

「大船に乗った気で、お任せくださいまし」

不安の尽きぬ若様に、門左衛門は笑顔で請け合った。

六

若様は翌日も江戸市中に繰り出し、俊平らと手分けして調べに当たった。

玄蕃主従の悪事の裏を取るためである。

何の話であれ、人の口に戸は建てられない。

聞き込んでみると本郷ばかりではなく、市中の各所で同様のことが起きていた。

大店のあるじが不思議な山伏に霊験《れいげん》を示され、多額の寄進をするに及ぶ。

だが、その霊験は火事に関することばかり。

諸国漫遊をさせてやりたいと口では言いながらも一向に叶えてくれぬまま、些細《ささい》な落ち度に難癖をつけられた後は二度と姿を見せなくなる。

完全に、三河屋の老僕が引っかかったのと同じ手口であった。

あの話に書かれた老僕の場合、金を取られずとも大切なものを失ったのではないかと若様は思う。

あるじから寄せられていた信頼に、年下の奉公人たちからの敬意。

そして齢を重ねながら独り身で過ごす日々に訪れた神仙《しんせん》との交流と、その喪失《そうしつ》。

働けばまた手に入る金子よりも、受けた痛手は大きかったのではないか。

「どいつもこいつも頭から信じ込んでやがったぜ。知らぬが仏だな、若様」

八丁堀の組屋敷に戻った俊平も思うところは若様と同じらしく、煙管《きせる》をくゆらせても気が紛れず、ぼやかずにはいられなかった。

「……はい」

漂う紫煙《しえん》の向こうで頷き返す若様の顔も、憂いを帯びていた。

真相を明かしたところで騙り取られた金が戻らぬ以上、自分たちが詐欺の被害に遭ったとは思ってもいない人々のことは、そっとしておくべきだろう。

しかし、これより先の悪事は止めねばならない。

新たな標的となった銚子屋一家を取り込むべく、いつもの手口で付け火に及ぶ現場を押さえる。

そのために、若様は敵の一味に潜り込むことを決意していた。


「権六の手下に加わっちまうのが手っ取り早《ばえ》えし、確実だろうぜ」

話を聞いた俊平は、若様にそう助言した。

「きっかけを作るにゃ、賭場が立つ日が一番だな」

「とばというのは、何ですか」

「お前さんが忍び込んだ時、中間部屋でやってたことだよ」

「はい。丁だ半だと、集いし者たちが賽子《さいころ》の目の数を競うておりました」

「それが丁半博打ってやつで、ほんとは御法度なんだ。そこで町方じゃ手出しのできねぇとこに盆茣蓙《ぼんござ》だの壺《つぼ》だのって道具を揃えて、集めた客に金を賭けさせるために仕立てた場所を賭場ってんだよ」

「その賭場が、あの中間部屋でしばしば催されておると？」

「間違いあるめぇ。客を出入りさせるのに潜り口を開けといて、後は勝手にさせとくだけで寺……いや、礼金が入るんだからな」

「心得ました。いろいろ教えてください」

「合点《がってん》だ、若様」

頼もしく請け合う若様に、俊平は笑顔で告げる。

賭場が中間部屋に限らず寺社でしばしば開かれ、場所を提供した礼金を寺銭と呼ぶのが常識であることは、口を滑らせかけたものの言わずじまいだった。

七

両国橋の西詰めは、火事に備えた広場となっている。

俗に両国広小路と呼ばれる火除地《ひよけち》では、非常の際に撤去が可能な屋台店を出すのは差し支えなく、芝居や見世物、大道芸を披露するのも仮小屋ならば問題なかった。

俊平が若様を連れて訪ねた先は、この両国広小路で人気の軽業一座。

座頭《ざがしら》から下働きのおばさんに至るまで、女人ばかりで占められた一座である。

「おや俊さん、ここんとこお見限りだったじゃないか」

楽屋に通されるなり声をかけてきたのは追い剝ぎどもを生け捕った時、囮の荷車を引いてもらった女軽業師。

化粧を落とすと可憐な顔立ちで、まだ娘と呼ぶべき年頃だ。

「よぉ太夫《たゆう》。また女っぷりが上がったみてぇだな」

「何言ってんだい、銚子屋のお嬢さん一筋のくせにさ」

「それを言うなよ。お陽はこの若様に首ったけなんだぜ」

「おや、そうだったのかい？」

意外といった顔をする娘の名は桜《さくら》。

芸名を小桜太夫《こざくらだゆう》という、一座の看板娘にして座頭であった。

「その節はお世話になりました」

「いえ、お役に立てて幸いです」

改めて謝意を述べた若様に礼を返す、桜の頰はなぜか赤い。

「どうしたの、おねえちゃん？」

「梅《うめ》ちゃんだめだよ、たゆうってよばなきゃ」

たたたたっと楽屋の奥から駆けてきたのは桜と共に男の子になりすまし、荷車を押していた幼い二人。もとより共に女の子だ。

「だ、大丈夫だよ……お前たちこそ、きちんとお客様にご挨拶をしな」

火照った頬を手拭いで隠し、桜は二人を促した。

「いらっしゃい、あたしは小梅《こうめ》！」

「小桃《こもも》です」

満面の笑顔で声を張り上げた子は丸顔で、恥ずかしそうに微笑んだ子は面長。顔の造りも性格も真逆だが、仲良く手を繋いだままでいるのが微笑ましい。

桜と同様、名前に小の一文字を付けて芸名としているようだ。

酔客《すいきゃく》に絡まれたところに来合わせて助け、それから用心棒代わりに楽屋へ出入りをしているという俊平曰く、梅に桃、桜と揃った三人娘はいずれも身寄りがおらず、血の繋がりはないものの実の姉妹のように暮らしているという。年嵩の桜が姉と母親を兼ねた立場なのは自ずと察しがついた。

「はい、こんにちは」

若様は幼い二人と目の高さを合わせて微笑んだ。

三人娘と会うのは二度目だが、明るいところで顔を合わせたのは今日が初めてだ。

丸坊主は頭の形が剝き出しとなる上に目鼻立ちが強調されるため、相手に要《い》らざる威圧を与えがちだが、若様の笑顔に警戒すべきところは微塵もない。

小梅が右手を伸ばし、剃り上げた頭に触れてきた。

「わぁー、玉子みたい!」

「だめだよう、そんなことしちゃ」

遠慮なしにはしゃぐ小梅を止めながらも、小桃は坊主頭から目を離さない。

目敏《めざと》く察した小梅は、繫いだままでいた左手を引っ張る。

「ははは、構いませんよ」

尚も戸惑う小桃に、若様は明るく微笑みかける。

おずおずと伸ばされた手のくすぐったさは、辛抱できぬほどではなかった。

その間に、俊平は楽屋に置かれたかつらを物色《ぶっしょく》していた。

旧知の一座を訪れた目的は、若様を権六の配下に潜り込ませるため、必要な備えを揃えるためだった。

「何だい、こいつぁ」

俊平が呆れた声を上げた。

この一座では軽業を、寸劇を演じながら披露する。

男役のかつらも数が揃っていたが、いずれも手に取ってみると作り物なのが一目で分かる出来。

「仕方ないだろ。これでは変装になりはしない。こういうもんなんだから」

文句をつけられた桜が、むっとした顔で言い返す。

「南の御番所にだって、隠密廻の旦那がいなさるんだろ？　そちらさんから借りたらいいじゃないか」

言い返しついでに桜が口にしたのは、もっともな意見だった。

俊平が若様と共に南町奉行所で番外の御役目に就いたことを、すでに桜は承知している。

追い剝ぎどもを手玉に取った話を聞いた鎮衛が、これからも手を借りる上で立場を明かしても構わないと許したのだ。

もちろん、口止めをさせた上のことである。

「ああ、その隠密廻なんだけどな……」

俊平が困った様子で鬢を掻いた。

「何も遠慮することはないだろ。同じ廻方でも隠密廻はお奉行様から直に指図を受けなさるんなら定廻や臨時廻とは別物だろうし、お年寄りだから分別だってありなさるはずだよ。ご出仕ができない自分たちの代わりに若様と俊さんたちが働いてくれてる義理もあるんだし、道具ぐらい借りても罰《ばち》は当たらないよ」

「その道具が、ちと訳ありでな」

「はっきり言いなよ、まだるっこしい」

「分かったよ」

俊平は観念した様子で言った。

「お前さんも知ってのとおり、隠密廻ってのは姿形を装うことに慣れていねぇと務まらねぇ御役目だ。その装い方がな、南の爺さん方は若え頃から女ばっかりだったんだそうだ」

「まぁ、女形《おやま》ってことかい」

「二人とも今はしなびちまってるが、若え頃は水も滴る男っぷりってやつだったらしくてな」

「それじゃあ、男のかつらなんぞ持っちゃいないだろうねぇ」

桜は納得しながらも、困った様子で若様を見やった。

小梅と小桃は飽くことなく、坊主頭を撫《な》で回している。

つと桜は腰を上げ、幼い二人の手のひらを上から押さえた。

「桜殿？」

「ごめんなさいよ若様。ちょいとおつむを検《あらた》めさせてくださいな」

「お願いします。障りがなければよろしいのですが」

「はい、お願いされます」

神妙に答える様子に笑みを誘われながら、桜は坊主頭に指を這わせる。

「じっとしていてくださいましね」

可憐な顔を引き締め、真面目に何やら調べている。

小梅と小桃は手を離し、姉代わりの太夫がすることをじっと見守っていた。

「ほんとにいい形だね。お前たちが触りたがるのも無理ないや」

ほっと息を漏らしつつ、桜は若様の頭から手を離した。

「剃りを重ねた分だけしっかりしてるし、かぶれることもなさそうだね」

「おい、若様に何をしようってんだ」

俊平が心配そうに問いかけた。

若様も神妙に前を向いたまま、少々不安げな面持ち。

「いいから八丁堀のお屋敷にお帰りな。必ずお役に立てる人を寄越すからさ」

案じ顔の二人に、桜は自信たっぷりに請け合った。

八

「ごめんくださいな」

組屋敷に戻った若様を訪ねてきたのは、艶《つや》っぽい中年増《ちゅうどしま》だった。

風呂敷包みと共に、髪結いの道具箱を下げている。

自前の店を持たず、客の注文に応じて足を運ぶ、廻り髪結いだ。

「小桜太夫の紹介で参りました、波《なみ》と申します」

「お波さんか……よ、よしなに頼む、ぞ」

応対に出たのは、俊平と若様が留守の間に戻った健作。

いつもの落ち着いた態度を保てず、声が上ずっている。

「おい、どうしたんだ」

ただならぬ様子に俊平が問うと、

「うむ、久方ぶりに昂《たかぶ》って参った」

「お前にしちゃ珍しいな」

「ふふ、あれほど豊かな肉置《ししお》きのおなごは滅多に居るまい」

「俺はちょいと苦手だな、もっとこう、細くねぇと」

「お陽殿のように、だな」

「馬鹿野郎、そこがいいんじゃねぇか」

「やはり、おぬしとは好みが合わぬようだ」

「それでいいんだよ。若様だけでも手強いってのに、お前にまで岡惚れされちゃ俺の立つ瀬がねぇやな」

「安心しろ。友の想い人に邪《よこしま》な目は向けぬ」

「それはそれで、何か腹が立つけどな」

「ふふ、左様に申すな」

複雑な面持ちの俊平に微笑を返し、健作はつぶやく。

「やはりおなごは胸も尻も、むっちりしておるのが一番だぞ」

折しも空はぐずつき始めていた。

「細身のほうがいいに決まってんだろ」

「いや、やはり抱き心地がな……」

降り始めた雨をよそに、若い二人の談義は続く。

梅雨の八つ下がりは、夜のとばりが降りたかのように暗い。

とんだ雨夜《あまよ》の品定めであった。

お波は持参の鏡を前に据え、若様の頭を作っていた。

用意したのは手製のかつら。

桜から伝え聞いた用向きと若様の頭の大きさに合わせたかつらは、本多髷《ほんだまげ》の月代を伸ばした形のものである。

「桜が言ってたとおりですね。ほんとにいい形をしてなさること」

「左様ですか。自分では分かりませんが」

いつものように折り目正しく答えながらも、若様は居心地が悪そうにしていた。

「ほら、じっとしていてくださいな」

頭の位置を正しながらも、お波は楽しげにしている。

若様は不思議な青年だった。

色に譬えれば、真白。

何の色にも染まっていない。

逆に言えば、どのような色にでも染まることだろう。

こたびの用向きに合わせたかつらは、無頼の博徒《ばくと》めいたもの。

白とは真逆の、どす黒さを感じさせるものだ。

しかし頭にかぶせてみると、ぴたりと嵌《は》まる。

大きさのことではない。

それまでの雰囲気から一変し、黒さが浮きたつどころか、自然に馴染んでいく。

「さ、できましたよ。無頼もんらしく見える着こなしもお教えしますからね」

「かっちけねぇ」

調った頭をそびやかせ、若様は伝法に答える。

高貴さを感じさせる色白の細面に、今は無頼の雰囲気を纏っていた。

九

玄蕃の屋敷で賭場が立ったのは、翌日の夜だった。

俊平と健作が本所界隈の地廻りどもを締め上げ、調べてきたことである。

若様は何食わぬ顔で中間部屋に入り込み、蠟燭《ろうそく》の光に煌々《こうこう》と照らされた盆茣蓙の前に座った。

駒札《こまふだ》に替えたのは一分金のみ。

立ち居振る舞いをそれらしく装っても、博打の腕は一朝一夕には身に付かない。なまじ大金を張るより早々に負け、部屋の片隅で休憩をしている態《てい》で機を待つのがよいと教えたのは、昔取った杵柄《きねづか》の鎮衛である。

「お若いの、懐が寂しいみてぇだな」

権六が声をかけてきたのは客のために用意された握り飯を二つ食べ終え、出がらしの茶を喫していた最中だった。

「へい、面目ねぇ」

若様は膝を正して挨拶をしながらも、だらしない雰囲気を保つことを忘れない。

「何も恐れ入るこたぁねぇやな。どうでぇ、駒を回そうか？」

「かっちけねぇがお頭《かしら》さん、返せねぇ借りは作っちゃならねぇって親の教えがござんしてね」

「へっ、できた親御さんだな」

権六は苦笑いをしながら言った。

「お前さん、ずいぶん腕っ節が立ちそうじゃねぇか」

「お分かりになりやすんで？」

「伊達《だて》に頭と呼ばれちゃいねぇよ。一目見りゃ、腕も度胸もおおよそ察しが付くってもんだ」

「その腕を買ってくださるんなら、喜んで駒札を廻していただきやす」

「へっへっ、そう来なくっちゃな」

権六は嬉しげに笑い声を上げた。

俊平と健作が地廻りどもから事前に訊き出したとおりの、機嫌が良い時の笑い方の癖であった。


その頃、銚子屋に入り込んだ道覚は、大いに気を良くしていた。

「有難や、有難や」

「ようこそお出でくださいました、行者様ぁ」

下にも置かぬ態で拝み伏している門左衛門とお陽に会うのは、今宵で二度目。

最初に入り込んだ時はさすがに驚かれたが早々に親子揃って道覚を信用し、火事の予言も頭から信じきっている。

この調子であれば、寄進を求めても望むがままだ。

最後のご奉公に申し分のない稼ぎになると思えば、自《おの》ずと笑いがこみ上げる。

「行者様、どうかなさいましたか」

「いや、おぬしたちは親子揃うて、まことに見どころがあるのう」

慌てて威厳を正した道覚は、もっともらしく二人に告げた。

十

「そろそろ頃合いだぜ、道覚さん」

皐月も半ばを過ぎた頃、権六はそう言い出した。

今日も朝から雨となり、風が通らぬ中間部屋は蒸し暑い。

「雨が上がったとこで仕掛けるぜ、いいな」

「分かっておる。今宵はあやつらの前に顕現《けんげん》してやるには及ばぬ故、おぬしの手伝いをいたそう」

「へっへっ、顕現と来なすったか」

「あれほど信じ込まれれば、気分も良いわ」

「その調子で、これからも頼むぜ」

「分かっておる。ところで手は足りておるのか」

「へっ、抜かりはねぇよ」

「肥前守の手の者には用心せねばならんぞ。特に、あの拳法使いはな」

「肥前守を襲ったとこを邪魔しやがったって、坊主頭のことかい？」

「あやつに再び出張られては太刀打ちできまい」

「安心しなって。こっちも一人、強いのを手懐《てなず》けてあるからよ」

「おぬし、助っ人を頼んだのか」

「賭場に入り込んできた若え男《の》に、見どころのある野郎がいたんでな」

「そやつ、まことに使えるのか」

「この俺が目を付けたんだから当たり前さね」

「腕は試したのか」

「もちろんよ。駒札を廻してやったら妙に調子づいちまったんで、子分どもの中でも腕っこきのに因縁をつけさせたんだがな、あっという間にのされちまった」

「そやつ、拳は使わなんだか？」

「いいや、投げただけだったぜ」

「されば、柔術《やわら》か」

「在所の村で覚えたんだと。武州《ぶしゅう》の在《ざい》じゃ珍しいことじゃねぇそうだ」

「そうであったか。武州と申さば近頃は多摩《たま》郡に天然理心流《てんねんりしんりゅう》と申す流派も根付きつつあるらしいな」

「その天然何とかってのも齧《かじ》ったことがあるって言ってたぜ」

「代官の目が行き届かぬ地で名主が武芸者を招き、村の若い者に稽古を付けてもらうのは珍しいことではない。実を申さば、俺もそれで腕を磨いた口でな」

「その腕なら、俺は信用しちゃいねぇぜ」

「手厳しいの」

「へっへっ、餅は餅屋ってこったい」

疑念が解けた様子の道覚に、権六は機嫌よく笑って見せた。

「お前さんは似非山伏の手で稼いでくれりゃいいんだよ。斬った張ったは任せておきなって」

十一

その夜、玄蕃の屋敷の中間たちは総出で深川へと向かった。

お仕着せの法被に替えた装いは、ありふれた着流し姿。

衣更《ころもが》えをして帷子《かたびら》にすべきところを袷《あわせ》のままにした着物の裏地に当たる部分は黒

く染められ、裏に返して袖を通し直せば闇に紛れることができる装束だ。

永代橋を渡るまでは個別に行動し、佐賀町に入ったところで合流する。

若様も仕掛け袷に着替え、中間たちの一隊に加わっていた。

「しっかり頼むぜ、清《せい》の字」

「へい」

権六に小声で告げられ、言葉少なに頷き返す。

清太郎《せいたろう》という仮の名前は、鎮衛がつけてくれたものであった。


銚子屋の三軒隣は搗米屋《つきごめや》である。

籾に包まれた米を臼に入れて杵で搗き、精米するのが生業だ。

「へっへっ、籾殻ならよく燃えるこったろうぜ」

権六は嬉々としながら、店の裏手に陣取った。

「さーて、おっ始《ぱじ》めるとしようかい」

ひとりごちると、傍らにいるはずの子分に手を伸ばす。

節くれだった指は、虚空《こくう》を泳いだだけだった。

「おい、火種を寄越しな」

立腹しながら促す権六は、まだ前を向いたままだった。

しかし、何も手渡す様子がない。

「てめぇ、何してやがるんでぇ！」

堪らず怒声を放つや、権六は横に向き直った。

ついてきたはずの子分が傍らに見当たらない。

のみならず、周りには誰もいなかった。

「ど、どういうこったい」

戸惑ったまま、権六は後ずさる。

暗がりの向こうから大きな影が近寄ってきた。

体格からして、道覚に違いない。

「何やってんだい、お前さん……？」

近間に入った相手は袴を穿き、大小の二刀を帯びていた。

いずれも道覚が捨てたはずのものである。

「だ、誰でぇ」

「根岸肥前守様家中、田村譲之助だ」

「てめぇ、南町の役人かっ」

「神妙にせい」
とっさに権六が抜いた匕首《あいくち》を、譲之助は発止《はっし》と打ち落とす。
ぎらつく刃ではなく手首を打ったのは、日頃は用いぬ十手《じって》である。
「くっ」
痺れた手首を押さえ、権六は大きく跳び退《すさ》った。
踵を返し、だっと駆け出す。
その背後から捕縄《とりなわ》が飛んだ。
狙い違わず捉えたのは、権六の右足首。
前に踏み出さんとした足を掬《すく》われ、どっと権六は転倒した。
譲之助は十手に縄を絡め、きりきりと引き寄せる。
捕物御用と無縁の内与力である譲之助が出張ったのは、鎮衛の指図だった。
町奉行所の捕物出役《でやく》は与力が頭となり、同心と捕方の指揮を執る。
しかし番外同心の捕物を、一番組から五番組に属する与力たちには任せられない。
仕切ることができる与力は、番外同心たちの顔ぶれを知る譲之助のみ。
「野郎っ」
権六は負けじと片足で地面を蹴り、譲之助に跳びかかった。

歯を剝いた悪党の脳天を、手の内《うち》を利かせた十手の一撃が打ち据えた。

権六配下の中間どもは、手に手に匕首を抜き放っていた。

相手取るのは俊平と健作だ。

若様には歯が立たぬ二人だが、悪名高い本所の割下水で地回り連中から恐れられる腕っ節の強さは伊達ではない。

共に今宵は刀を帯びず、南町奉行所に備え付けの刃引《はび》きを腰にしていた。

刃を潰して斬れなくした一振りは、同心が長十手と共に用いる捕具《とりぐ》だ。

突いてくるのを機敏にかわし、浴びせる一撃は力強い。

近間に踏み込んできたのは足払いで転倒させ、匕首を蹴り飛ばしてから柄《つか》の一撃を叩き込む。

連携した二人の攻めを受け、中間どもは残らず失神させられた。

若様はいち早く、賭場で腕試しをさせられた中間に襲いかかっていた。

「この野郎、裏切りやがったな!」

仲間の前で恥を掻かされた恨みを乗せて、匕首が若様に迫り来る。

丸腰でなければ勝てるとばかりに、勢い込んで突いてくる。

迫る刃を恐れることなく、若様は前に出る。

相手の刺突《しとつ》を腕ごと逸らし、繰り出す拳がしたたかに水月を打った。


「た、助けてくれ！」

道覚は震える足を必死で動かし、銚子屋に勝手口から逃げ込んだ。

「おや、大きなどぶねずみが入り込んできたよ」

土間に立っていたのは門左衛門。

「石見銀山《いわみぎんざん》に引っかからないとは、知恵のあるねずみもいるもんだね」

相手の巨軀を恐れもせずに、進んで間合いを詰めていく。

「仕方ないね。大事なお店を荒らすもんを退治するのは、あるじの務めだ」

門左衛門が右手に引っ提げた木刀は、脇差と同じ長さである。

「待て待て銚子屋、わしの顔を忘れたのかっ？」

道覚は慌てて手を伸ばし、頬被りをしていた手拭いを取り去った。

しかし、門左衛門の態度は変わらない。

「何だ、ねずみと思ったら似非山伏かい」

「え、似非だと？」

「お前さんには最初《はな》っから霊験なんか感じちゃいないよ。この騙り野郎め」

「おのれ、謀りおったな！」

道覚は怒号を上げざま、門左衛門に摑みかかった。

太い腕が届くより早く、唸りを上げた木刀の一撃が決まる。

「商人を舐めるんじゃない。わっちゃあ銚子屋の三代目だよ」

房総訛《なま》りを交えて、門左衛門は年季の入った啖呵《たんか》を浴びせる。

ただ一撃で気を失った似非山伏には、もはや聞こえていなかった。

十二

お縄になった道覚と権六が全てを白状し、森山玄蕃は目付に身柄を拘束された。

裁きを下すのは、三奉行から成る評定所一座である。

そこに忠英が割り込んだのは、かの田沼主殿頭意次が御側御用取次だった頃、評定に加わった前例があってのこと。

主張した裁きは切腹を免じ、大名家の預かりにすることであった。

多額の献金に報いるために、命を救おうとしたわけではない。

下手に切腹などさせれば自棄《やけ》になり、腹を切る場に立ち会う目付に全てをぶちまけかねないからだ。

ならば息のかかった大名に身柄を託し、監視をさせたほうが良い。

「かたじけのう存じまする、出羽守様！」

忠英の思惑は功を奏し、生き長らえることが叶うだけでも幸いと玄蕃は白洲で感謝の涙を流した。

切腹か。それとも大名家の預かりか。

三奉行に忠英を加えた評決は、真っ二つに割れた。

審議を覆《くつがえ》したのは、早馬によってもたらされた書状。

「各々方、中務大輔様のご書状にござる！」

それは鎮衛が信明の許可を取り、特例として対馬の安董に求めた裁きの所見。

「名家の裔《すえ》なればこそ、その死を以て罪を償うべし……お検めくだされ」

鎮衛が読み上げた声を耳にして、玄蕃は顔面蒼白。

花押《かおう》入りの書状を見せつけられ、忠英は悔しげに歯噛みするばかりである。

安董の答えを加えた決議によって、裁きは切腹と決まった。

十三

事件が解決しても、番外同心に手柄はない。

せめてもの報いにと、若様は組屋敷に酒肴《しゅこう》を用意した。

「ご苦労様でした。皆さん、存分にやってください」

「ありがてぇ、遠慮なく頂戴するぜ」

俊平をはじめとする一同が湧き立つ中、若様はふらりと組屋敷を抜け出した。

梅雨が明けた晴れ空の下、散歩に出かけた先は江戸城の清水御門。

「…………」

遠目に見やる若様の顔に、もはや憂いの色はない。

その存在を抹消された青年は、市井に新たな居場所と使命を得た。

決して公にはされることのない御役目に、これからも若い情熱を燃やして取り組む所存であった。

時代小説
二見時代小説文庫

南町《みなみまち》 番外同心《ばんがいどうしん》1 名《な》無《な》しの手練《てだれ》

二〇二二年 三 月二十五日 初版発行

著者 牧《まき》 秀彦《ひでひこ》

発行所 株式会社 二見書房
〒一〇一-八四〇五
東京都千代田区神田三崎町二-一八-一一
電話 〇三-三五一五-二三一一［営業］
〇三-三五一五-二三一三［編集］
振替 〇〇一七〇-四-二六三九

印刷 株式会社 堀内印刷所
製本 株式会社 村上製本所

落丁・乱丁本はお取り替えいたします。定価は、カバーに表示してあります。
 ISBN978-4-576-22032-1
https://www.futami.co.jp/